修学旅行は
世界一周！

吉田友和

ハルキ文庫

角川春樹事務所

目次

Ⅰ　初回限定　プロローグ　005
Ⅱ　チュートリアル　バンコク／チェンマイ（タイ）　023
Ⅲ　覚醒　バラナシ（インド）　079
Ⅳ　属性　イスタンブール（トルコ）　119

Ⅴ　デバフ　パリ（フランス）　155

Ⅵ　限界突破　ロンドン（イギリス）　189

Ⅶ　レアドロップ　ニューヨーク（アメリカ）　225

Ⅷ　アップデート　エピローグ　243

I

初回限定

プロローグ

初体験は早いほうがいい――ぐんぐん高度を上げていく飛行機の中で、仁科《にしな》カケルはそんなことを思った。

いまどき、小学生だって海外旅行ぐらい経験している。対して高校生の自分はというと、十八年間生きてきて、これまでに日本を出たことは一度もない。

初めての海外旅行。

遅いデビュー戦だなぁと自覚する。

カケルがつい引け目を感じてしまうのは、あまりにも分からないことだらけだからだ。外国が怖いとか、英語が上手く喋《しゃべ》れないとか、そういうレベルの話ではなく、旅行のやり方そのものが分からない。

考えたら、空港の国際線ターミナルへ来るのも初めてだった。

飛行機の行き先を表示する巨大なボードに、世界じゅうの都市の名前が書かれているのを目にしたときはワクワクしたが、同時に不安を覚えたのも正直なところである。RPGに喩《たと》えるなら——レベル1の冒険者。

「ご出発の三十分前までには搭乗口へお越しください」

チェックインカウンターでそう言われ、急《せ》かされるようにして空港内を歩き回ったが、飛行機に乗るだけでこんなにも大変だとは想像しなかった。搭乗手続きのための長い列に並び、手荷物検査では上着や靴まで脱ぎ、続いて出国審査と心が安まる暇がない。

発行されたばかりの真新しいパスポートの最初の白紙のページに、今日の日付と共に「出国」と書かれたスタンプがポンッと押された瞬間、本当に外国へ行くのだなぁと実感が湧《わ》いてきたのだった。

飛行機が水平飛行に入り、ベルト着用のサインが消えた。

カケルは気持ちを落ち着かせるために、ペットボトルの水をゴクリと飲みながら、スマホの画面に視線を落とした。

〈飛行中は機内モードにしてWi-Fiだけオンに。でも回線遅いし、それでいて高いからネットはガマンしたほうがいいかも〉

出発前、旅の素人であるカケルに、旅のイロハを教えてくれたのは仲のいいフレンドだった。初めての海外旅行なのだと相談したら、注意点などをメモにまとめて送ってくれたのだ。

ありがたいことに、メモには空港でするべきことや、飛行機での過ごし方などが細かく書かれていた。それをスマホに保存して、いつでも見られるようにしている。カケルにとって、いわば「旅のしおり」のような存在である。

座席のシートポケットにＷｉ－Ｆｉの繋《つな》ぎ方が書かれた案内書が入っていたが、それを見ると確かに料金が高い。十メガバイトで五ドル、百メガバイトで三十五ドルもすると分かり、ネットに繋ぐのはあきらめたのだった。

――そんなに課金したら十連ガチャが回せるよなぁ。

ついそんな思考をしてしまうのは、カケルが重度のゲーマーだからだ。楽しみにしていた新作ゲームの発売日と、この旅行の出発日が偶然重なったときには、旅を取りやめようかと本気で考えたほどである。

ついでにいえば、ゲームだけでなくアニメにも目がないタイプで、これまた旅行のせいで今期推しの作品をリアタイできないことが心残りだったりもする。

要するに、世間的には「オタク」と呼ばれる人種なのだ。

旅行とオタク。アウトドアとインドアである。

どちらかといえば相反するジャンルであることはカケルも自覚していた。普段は引き籠《こ》もりがちなカケルにとって、海外旅行なんて暴挙ともいえる大冒険なのだが――。

客室乗務員の女性が、乗客に用紙を配って歩いていた。カケルも一枚もらうと、「ＡＲ

RIVAL CARD」という英語と共に、蛇がのたくったような文字が書かれていた。

見たことのない文字である。カケルは頭を抱えた。問題文すら読めないテスト用紙を前にしたようで、絶望的な気持ちになった。

〈配られた入国カードは機内で書いておく。入国審査でパスポートと共に提出するのでなくさないように〉

再び「旅のしおり」に目を落とすと、しっかり解説が書かれていた。このARRIVAL CARDが入国カードのことらしい。

ふむふむと納得しつつ、カバンからペンを取り出した。

見慣れない文字の下に、小さく英語も併記されていたので、それをヒントに少しずつ解読していく。

――NAMEは名前だよね。NATIONALITYって……国籍か。これはJAPAN、でいいのかな？

分からない単語は辞書アプリで調べながら、カードの空欄を埋めていく。

隣の席の人に声をかけられたのはそんなときだった。

「あのう……すみません」

あまりに唐突だったので、最初は自分に向かって言っているのだとは分からなかったほどだ。

「書くものをお借りできませんか？」

「……あっ、はい、どうぞ」

ビクッとして、ペンを手から落としそうになる。

「ああでも、書き終わってからで大丈夫ですよ」

驚いたのは、突然話しかけられたことに加えて、その人が見た目自分と同じ歳《とし》ぐらいの女性だったからだ。

あれっ、高校生？　と、目をパチクリさせた。だとしたら、女性というよりも、女子といったほうがいいかもしれない。

「時間がかかりそうなので……。お先にどうぞ」

カケルが半ば強引にペンを手渡すと、それ以上断るのも悪いと思ったのか、女性は礼を言って受け取った。

その指がスッと細長くて、おまけに肌の色が白いのを見て、カケルは内心ドキリとした。

一瞬目が合ったが、直視できなくて、すぐに視線を逸《そ》らしてしまった。

それにしてもカケルが呆《あき》れるのは、自分の観察力のなさだ。

離陸してこの瞬間までずっと隣に座っていたというのに、その存在にまったく気がついていなかった。

というより、無意識のうちに自分の視界に入れないようにしていたところもある。周りを見ないのは、オタク特有の行動であると、カケルは自分でも分かっている。

女性は慣れているのか、スラスラと入国カードを埋めていった。横目でその堂々とした様を見て、カケルは思わず口にした。

「タイへはよく行くんですか？」

「タイは初めてなんです。でも、こういうのはだいたいどこの国も同じだから」

「へえ、そうなんですね。このうねうねした文字も、毎回出てくるんですか？」

何気なくそう聞くと、女性の動きが一瞬止まった。それを見て、自分が頓珍漢《とんちんかん》な質問をしているかもしれないと気がつく。

「ああ、それはタイ語ですよね。確かに、うねうねしてますね」

カケルは顔が赤くなった。旅の恥はかき捨てなどというが、我ながらこれは流石《さすが》にバカすぎるというか、かっこ悪い。

でも、この際、恥をさらして教えを請うのも一つの手かなと思った。少なくともこの女性のほうが、旅の経験は自分より上のようだし。

「実は……海外旅行、初めてなんです」

カケルが正直に打ち明けると、女性はとくに当惑した様子も見せず、

「そうなんですねー」

と、笑顔で受け止めてくれた。そうして自分の入国カードを見せてくれ、これをお手本

に書いていいという。

見知らぬ人間にそんなに簡単に個人情報を開示してしまっていいのかとカケルは逆に心配になったが、とくに気にしている風でもなさそうだ。自分が過剰反応なのだろうか。

SAYO OSANAI。

カードの名前の欄にはそう書かれていた。見る気はなくても、どうしても目に入ってしまう。

さよ、おさない。

「彩るに、世界のせの字で、さよって読むんです」

彼女が名前の漢字を教えてくれたのは、やがて運ばれてきた機内食を食べながら、会話しているときだった。

「にしなかけるです」

自分も入国カードを見せながら、改めて自己紹介する。

KAKERU NISHINA。

と汚い字で書いてあるカードだが、彩世《さよ》はそれを見て、名前よりも別の項目に注目したようだった。

「あれっ、同い歳じゃない?」

カードには生年月日を書く欄もある。なんと生まれた年が同じらしい。学年も一緒で、彩世も高校三年生だという。それなら敬語で話すのも変だよねという話になった。

「最初見たとき、もしかして同い歳ぐらいかなーって」

向こうもカケルと似たようなことを考えていたらしい。

「それチキンだよね？　私、お魚にしたんだけど、チキンもおいしそうだなぁ。タイには旅行？」

機内食はチキンとフィッシュの二択だったが、料理を包む銀紙を開けてみると、おかずだけでなく主食も違った。チキンが焼きそばなのに対し、フィッシュはご飯。麺《めん》よりもご飯派のカケルは、逆に彩世の機内食に羨望《せんぼう》の眼差《まなざ》しを送りながら、彼女の質問に答えた。

「旅行といえば旅行なんだけど……」

説明しようとして、カケルは口ごもってしまった。

話せば長くなる。

「……行くのは、タイだけじゃないんだ」

別にもったいぶるつもりはないが、単刀直入に言うには気恥ずかしさもあった。

「じゃあ、もしかしてバンコクで乗り継ぎ？」

「あの……実は……世界一周」

「えっ？」

「世界一周するんです」

照れ隠しゆえか、思わず語尾が再び敬語に戻ってしまう。

一般的には突拍子もない発言であるようで、これを言うと冗談と受け取られることが多かった。世界一周？　しかも高校生が？　大抵は、理解できないといった顔をされる。

ところが、返ってきた反応はカケルが予期せぬものだった。

「ウソ……。私も。私もなの！」

「えっ？」

「世界一周……するの。私も」

数秒前とまったく同じやりとりを立場を変えて繰り返す。

カケルはビックリしすぎて言葉が出てこなかった。

こんな偶然があるのだろうか。

いや、知らなかっただけで、実はいま高校生の間で世界一周が流行《はや》っていたりして……。

「うちの学校ちょっと変わっているというか。修学旅行は生徒が各自で好きなところへ行っていいことになってて」

カケルは言葉を選びながら、旅することになった経緯について話し始めた。

「紛争地域とか、危険な場所以外ならどこへ行ってもよくて」

カケルが通う私立英王《えいおう》学園は自由な校風で知られる。学生服着用が必須《ひっす》ではないなど、生徒の自主性を重んじており、良くも悪くも放任主義を徹底している。東京都内にあるが、都心ではなく、ぎりぎり二十三区という立地。そのぶん自然が豊かで敷地も広く、伸び伸びと学校生活を送れるのも魅力だ。

大学の付属校のため受験がないのも大きい。高校三年生というと勉強に追われるのが普通で、修学旅行は二年生のうちに済ませるという進学校も多いが、エスカレーター式なので心配は無用である。

「つまり、修学旅行で世界一周するってこと？」

カケルの割とザックリとした説明にもかかわらず、彩世はすんなり理解したようだった。頭の回転が早い子だなぁと、カケルは感心しながら言葉を続ける。

「うん、ただし旅が終わったら、結構しっかりとしたレポートを提出しなければいけないんだけどね」

「なるほどねぇ、そうか、そうか。素敵な学校だねー」

うんうん、と彩世は頷《うなず》きながらデザートに手を伸ばした。それを見て、カケルも会話を中断する。デザートはイチゴのムースケーキだ。一口食べてみたら、過剰に甘くて外国のお菓子という味がした。

彩世はそれ以上のことは詮索《せんさく》してこなかった。

親は反対しなかったの？

お金はどうしたの？

みたいな無粋な質問をされなかったのも、カケルとしては居心地が良かった。

相手のプライベートに立ち入りすぎない適度な距離感。それはクラスメイトではなく、偶然知り合った他校の生徒という関係ならではのものともいえるが、元々その辺のバランス感覚が優れている子なのかもしれない。

「でもさー、なんで世界一周なの？」

ムースを食べ終わると、彩世は再び口を開いた。

さて、何て答えようかとカケルは逡巡《しゅんじゅん》する。

誰もが当然抱くであろう疑問で、出発前にも散々同じことを聞かれた。その度にカケルははぐらかすような態度をとってきたのだ。

「あーごめん、あんまり質問ばかりして失礼だよね」

即答しないカケルを見て空気を読んだのか、彩世はその話題は自ら打ち切り、代わりに自分のことを話し始めた。

「父親がアメリカに転勤になってね。私も一緒に住んで向こうに留学する予定なんだけど、その前に世界を見ておきたいなって」

世界一周ができる専用の航空券があることを知ったのもきっかけだという。実はカケルも同じ航空券を利用していた。一度の旅で何ヶ国も巡れる、お得な航空券だ。

といっても、詳しい仕組みなどはカケル自身もよく分かっていない。なにせ、旅に関してはド素人である。自分一人では旅行の手配などできるはずもない。

お膳立《ぜんだ》てしてくれたのは、例の「旅のしおり」を送ってくれたフレンドだった。どういった航空券を買って、どこへ行けばいいかなど、カケルの要望を踏まえたうえで細かくプランを考えてくれた。

なんで世界一周なの？　という彩世の質問に即答できなかったのは、そもそもの言い出しっぺからして、そのフレンドだったからだ。

実は、その彼とは一切の面識はない。

どういうことかというと、オンラインゲームで知り合った、文字通り「フレンド」なのだ。要するにまあ、リアルでは一切付き合いのない友だちというわけだ。

ある日、いつものようにゲーム内で会話をしていたときのこと。通っている学校の修学旅行が自主企画で、どこへ行くか悩んでいることを、カケルは何気なく彼に話してみた。

「リアルで旅行とかしたことなくってさ……」

仮想世界では幾度となく生死を共にしてきた間柄である。テキストチャットを通じて、何時間、何十時間と会話も重ねてきた。リアルでは姿が見えない関係だからこそ、気兼ねなく相談できる相手。

「世界一周しない？」

すると、思いもしなかった提案が返ってきた。

まるで「カラオケしようよ」「タコパしようよ」みたいな軽いノリだったので、世界一周かぁ、それも悪くないなぁと、あまり深いことを考えずに賛同してしまった。

「それ、いいね」

カケルは半分冗談、いや完全に冗談のつもりだったが、相手の反応は違った。こちらが引くぐらいの勢いで、この話題に食いついてきたのだ。

その日以来、一緒にプレイする度に彼はカケルを旅へと勧誘した。世界一周がいかに魅力的であるかを饒舌《じょうぜつ》に語り、そそのかそうとする。営業マン顔負けのセールストークに根負けする形で、世界一周の企画を学校に提出したら——通ってしまったのだ。

フレンドの名前は「ＢＯＢ」。もちろん、ハンドルネームである。

年齢は不詳だが、たぶん結構年上。ソシャゲならともかく、いまどきネトゲをプレイするような層となると、大抵はオッサンではないかとカケルは密《ひそ》かに思っている。

やけに海外事情に詳しいのも、年上説を裏付ける。ただ、カケルが彼に旅行の相談をしてみたのには別の理由があった。

本人曰《いわ》く、彼はニューヨークに住んでいるらしいのだ。あくまでも自称ではあるが、グローバルで運営されているゲームなので外国から接続しているとしても不思議はない。

ニューヨークということはアメリカ人？

という疑問も浮かぶが、チャットで話す限りでは日本語が堪能《たんのう》である。まあ、お互いのプライベートについて詮索しないのもまたネトゲ世界では暗黙の了解だ。
［せっかくだからさ・・・］
［世界一周のゴールをNYにしなよ］
［そういうの楽しそうじゃない？　ゲームみたいで］
［待ってるからさ］
［一度会ってみたかったんだ］
矢継ぎ早に送られてくるチャットのメッセージには、他人事《ひとごと》だからか、妙におもしろがってそうな雰囲気も感じられた。
ただ、最後の「会ってみたかった」に関していえばカケルも同意見で、それなら世界一周せずとも、最初からニューヨークに飛べばいいのでは？　と反論してみたのだが――。
［それだと簡単すぎてつまんないでしょ］
［世界一周して会いに来るからロマンがあるんだよ］
［これも一つのクエだと思って］
クエというのはゲーム用語で、クエストのことだ。特定のモンスターを倒すものや、アイテムを探してくるものなど、何らかの課題が設定され、それを達成すると報酬がもらえたりする。
つまり、世界一周してニューヨークまでＢＯＢに会いに行くクエストというわけだ。いかにもゲーマーらしい発想なのだが、同じゲーマー相手には案外適切な口説き文句といえた。

——おもしろそうだな。

乗せられているとは思いつつも、カケルは興味を引かれた。ほとんど直感のようなものだが、これまでにBOBが絶賛したコンテンツに外れはなかったのも確かだ。

そんなわけで、押し切られるような形で世界一周が決まったのだが、カケルとしては海外旅行自体が初めてだった。

さらには、初めての一人旅でもある。

自主企画の修学旅行とはいえ、別に一人で行く必要はなく、むしろ友だちどうしのグループで旅をする生徒のほうが多数派である。しかし、世界一周となると気軽に人を誘うわけにはいかない。

それに、カケルには一緒に修学旅行に行ってくれるような友人がいないという別の問題もあった。リア充ではなく非リア。陽キャか陰キャかといえば、後者に分類されるであろうことは本人も自覚している。

その点、BOBは特別な存在だ。

リアルで会ったことこそないものの、リアルに友だちの少ないカケルにとっては、唯一ともいえる気心の知れた存在なのだ。

世界一周というと突拍子もないが、彼に会いに行くという名目があることが最終的には迷うカケルを後押しした。

ニューヨークでオフ会。それはそれで素敵な響きだ。

機内食を食べ終えると、彩世は空気式の枕《まくら》を膨らませて首にセットし、背もたれを倒した。寝る体勢に入るようだ。アイマスクまで着けていて、その用意周到ぶりにカケルは感心させられた。

周囲を見ると、同じように眠りについている乗客も多い。

――そうか、飛行機って寝るものなのか。

満腹になったことだし、揺れが眠気を誘うのだろう。また一つ、旅について学習した気になった。

カケルも真似《まね》してそっと目を閉じてみた。ところが、興奮しているのか、緊張しているのか、あるいはその両方なのか分からないがぜんぜん寝付けない。

あきらめて窓の外に視線を送ると、地上からでは見たこともないほど青く澄み渡った空の下、綿あめのようにモコモコした真っ白い雲が遥《はる》か彼方《かなた》まで続いていた。

Ⅱ
チュートリアル

バンコク／チェンマイ（タイ）

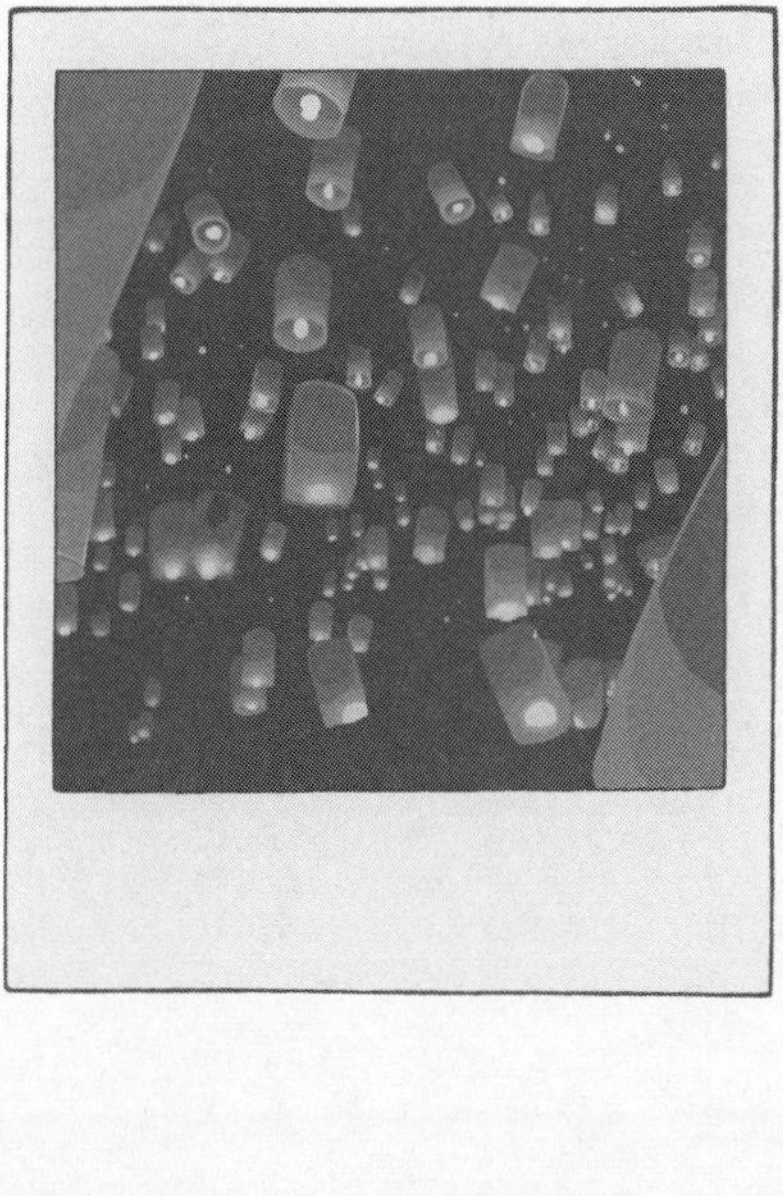

飛行機を降りた途端、むわっとした熱気と、ねっとりとした湿り気がまとわりついてきた。空港の建物に入ると、お米を炊いたような匂《にお》いが漂ってきて、カケルは鼻をひくつかせた。

「あぁ、外国だなぁ……」

思わず声を漏らすと、前を歩く彩世が振り向いた。

「東京よりあったかいねー。さすがは南国って感じ」

世界一周の一ヶ国目——タイの首都バンコクに到着した。

カケルにとっては人生初の海外である。案内版の文字が日本語ではなく、入国カードで目にした例のうねうねした文字なのを見て、異国の地を踏んだ実感が湧《わ》いてくる。

さらには人生初の一人旅……のはずだったが、ひょんなことから旅の同行者ができたのだった。

「入国審査、結構並んでそうだねー」

彩世が指差す方角を見ると、ブースの前に長い列ができている。「Immigration」と書かれたほうへみんなが歩いていくので、その流れに付いていく形で二人はここまでやってきていた。

「イミグレーションって入国審査のこと？」

「うん。パスポートを見せて、スタンプを押してもらうの」

気がついたら、まるで先生と教え子のような関係になっている。あまりに初歩的な質問に対しても、彩世は呆《あき》れることもなく答えてくれる。自分一人では途方に暮れそうだったから、心強い仲間に出会えた偶然にカケルは心から感謝した。

列の進みはやたらとスローで、三十分近くかかってようやく自分たちの番になった。外国の入国審査なんて初めてだから、こんなものなのかと思ったが、彩世曰《いわ》くこれは遅いほうだという。

ブースには一人ずつ入るのが決まりで、先に彩世から審査を受けることになった。後ろから観察していると、彼女が係官といくつか言葉を交わしているのが見えた。何を聞かれたのだろうか。

続いてカケルの番になる。ドキドキしながらブースの前に立ったが、台の上のカメラを見るようにとジェスチャーで促されただけで、審査はあっさり終了した。

「同行者だと思って質問は省略したのかもね」

無事に通過したところで彩世が待っていてくれた。彼女はタイに何日滞在するのかだけ聞かれたそうだ。

二人で預けた荷物をピックアップしに向かった。入国審査に時間がかかったせいか、ターンテーブルには荷物がたまっており、すでにぐるぐると何周もしていそうな雰囲気だった。

カケルは自分の荷物を探した。黒いスーツケースで、目印としてチェック模様のベルトを巻いている。

「みんな同じようなカバンで紛らわしいから」

というBOBのアドバイスに従ったのだが、数ある選択肢の中からそんな柄を選んでしまったのは、失敗だったかもしれないとカケルは少し後悔していた。チェック柄といえば、オタクの代名詞として揶揄《やゆ》されがちだからだ。

ちなみに最初はバックパックにしようとしたのだが、BOBに猛烈に反対され断念した経緯がある。

「絶対スーツケースがいいよ」

旅行カバンの選び方をネットで調べると、バックパックは両手が空くのが利点であるなどと紹介されていた。ところが、そのことを指摘すると一笑に付された。

「だって荷物を背負うんだよ？　重くない？」

そりゃあ、軽くはないだろうなぁとカケルは想像した。

彼が言うには、昔ながらのバックパッカーの貧乏旅行みたいなスタイルは、いまどき流《は》行《や》らないのだという。バックパッカー？　貧乏旅行？　それらの言葉自体が初耳だったが、元々そんなにこだわりもなかったので、言われた通りスーツケースにしたのだ。

一足先に自分の荷物をピックアップした彩世と合流する。彼女のスーツケースは真っ赤で、これならベルトなしでも目立ちそうだ。大きさはカケルのとほぼ同じぐらい。

「二つ並べると、なんだかランドセルみたいじゃない？」

楽しそうに笑いながら、彩世はスマホで写真を撮っている。

黒と赤はなるほど、ランドセルの男女の色分けのようだ。

「自分は青色のランドセルだったけど……」

と言いかけて、カケルは言葉を飲み込んだ。余計なことを口走って、彩世の気を悪くさせそうな気がしたからだ。

こういう瞬間、自分がいかにコミュ障であるかを痛感させられる。

元々消極的な性格で、人とのコミュニケーションが苦手なカケルだが、ゲームやアニメにハマればハマるほどリアルでの人付き合いが億劫《おっくう》になっていた。ましてや相手が女性となると、何を話せばいいのか分からないのが正直なところである。

カケルが通っているのは男子校で、同世代の女子と会話する機会が極端に少ないのだ。

日常生活で接する女性は限られており、学校の教師や母親、あとは中学生の妹ぐらいしか思い浮かばない。

もちろん、彼女なんていないし、過去にいたこともない。

翻って、目の前の彩世はどうだろうか。

明るく、社交的で、物腰は柔らかい。派手な雰囲気はないが、かといって地味子とも違う。カケルのような頼りないオタク男子にも分け隔てなくフレンドリーに接してくれる。

しかも、可愛《かわい》い。

そう、可愛いのだ。

好みかそうでないかでいえば、圧倒的に好みといっていい。

さりげなく、彩世のことをチラ見する。機内では座っていたから気がつかなかったが、身長は結構ありそうだ。髪も長く、黒髪の綺麗《きれい》なストレート。小顔なせいか似合っているとカケルは思った。

肌は白いが、不健康という感じはしない。運動部ではないと言っていたから、日焼けとは無縁の生活を送っているのだろう。ついでにいえば、カケルも帰宅部だが。

「寒くない？　クーラー効きすぎだよねー」

と言いながら、彩世がスーツケースからカーディガンを取り出している。

口癖なのか、彼女はしばしば語尾を伸ばすようにして喋《しゃべ》る。その言い方がどこか間が抜けているというか、ほんわかしているというか。まるで子守歌を聞かされているような安心感が漂い、異国の地にいる緊張が解けていくのだった。

「どうしようか？　ホテル近いみたいだし、良かったら一緒にタクシーに乗っていかない？　電車でもいいけど、荷物があるしさー。二人ならタクシー代シェアできるから」

彩世から思いがけない提案を切り出されたのは、到着ロビーで両替を終えたときだった。

――タクシーをシェアする？

カケルは目からウロコが落ちそうになった。そんなことができるなんて、発想すらなかったからだ。

言われてみれば、確かにタクシーをシェアするのは経済的だし、彩世が一緒に行ってくれるならこれほど心強いことはない。

「賛成。ホント荷物重いんだよなぁ」

平静を装って返事をしたものの、内心ではホッと安堵《あんど》していた。いきなり知らない国の空港に一人放《ほう》り出されたら、早くも心が折れてしまいそうである。

それに、カケルには別の思惑もあった。

彩世ともう少し一緒にいたい――たまたま飛行機で席が隣り合わせになっただけの関係とはいえ、お互い高校三年生で、目的は同じく世界一周である。せっかく知り合えたのに、このままバイバイして別行動というのも寂しい気がしていた。

「すぐそこに車がたくさん停《と》まっているよ。うわぁ、タイのタクシーってすごくカラフルなんだねー」

彩世が指差す先を見ると、ピンクや黄色など色鮮やかなボディの車が列になっていた。

「南国のタクシーって感じでカワイイよね」

カワイイかどうかは分からないが、日本のタクシーと比べると見た目が随分派手だなぁという印象をカケルは受けた。

乗り場にもまた客が並んでいたが、車が次々とやってくるので回転は早い。二人が乗り込んだのは、ブルーに塗られたタクシーだ。先ほどのスーツケースの話題を思い出す。車体のブルーは、カケルの小学生時代のランドセルを彷彿《ほうふつ》させる青色だった。

偶然は重なるもので、二人が予約していたホテルは道路を挟む形で向かい合わせに立っていた。名前こそ違うものの、両ホテルのオーナーは同じだという。

「系列ホテルみたいだねー」

しかし、ホテルのグレードは見るからに違った。片方のホテルはエントランスからして立派で車寄せまであるが、もう一方は通りに面して並ぶ雑居ビル風の建物の一つというチープな佇《たたず》まい。

タクシーが到着したのは車寄せがあるほうだった。看板に書かれた名前を見て、こちらは彩世が泊まるホテルだと分かった。ということは、自分のホテルはあっちのみすぼらしいほうだ。

車が停車すると、制服を着た男が素早く近寄ってきて、外からドアを開けてくれた。ホテルの人だろうか。

「サワディーカップ」

知らない言葉で話しかけられ、ドキリとする。

タイ語？　カケルが引きつった笑顔を浮かべていると、彩世が代わりに挨拶《あいさつ》してくれた。

「こんにちは」

えっ、日本語で？

「私もタイ語分からないし。でもさー、日本語でも通じてそうじゃなかった？」

えへへ、と彩世がおどけてみせる。

外国人相手と思うと、つい外国語で話そうとしてしまうが、無理に合わせる必要もないのかもしれない。彩世と一緒にいると、本当に色々と勉強になるのだった。

制服の男が車のトランクから二つのスーツケースを取り出し、中へ運ぼうとした。それを見て、カケルは慌てて制止する。

「そっちの黒い方は持っていかなくていいです」

身振り手振りを交えながら訴えたら、日本語でも通じたようだった。自分が泊まるのはここではない。

「なんか格差社会って感じ。ホテルって値段に比例するんだなぁ」

ホテル探しなんてカケルには荷が重く、フレンドのBOBに予算だけ提示して選んでもらった宿だった。無事に泊まれさえすれば贅沢《ぜいたく》は言わないつもりでいたが、世知辛《せちがら》い現実を見せつけられ、結果的にまた一つ社会勉強になった。

気を遣ってくれたのか、彩世はそのことには触れず話題を変えた。

「お腹空《なかす》いてない？　せっかくだから、ご飯でも食べに行こうよ。無事の到着を祝ってさー」

カケルに異論があるはずもなく、即答で了解する。荷物を置いたら、彩世のホテルのロビーで落ち合うことになった。

＊

「チェックインするときに、お金を払ってって言われたんだけど。ええと、なんだっけな。でぽ……でぽじっと？」

「うんうん、デポジットだね。海外のホテルだと一般的だよ。何も問題がなければ、チェックアウトのときに返してくれるはず」

　二人が入ったのは、ホテルから歩いてすぐの距離にあるレストランだった。到着したばかりだからと、とりあえず近所で済ますことになったのだが、オープンエアーのテラス席なんかがあったりして、開放的な雰囲気だ。

　ホテルの前は結構栄えた通りで、飲食店などもたくさん立ち並んでおり、人や車の往来は激しく街はざわざわとしている。予想した以上に都会というのがカケルが抱いたバンコクの第一印象だ。

「しかし、あっついねー」

　自分の手を団扇《うちわ》のようにして煽《あお》ぎながら、彩世はマンゴージュースをチューチューしている。彼女は部屋で着替えてきたのか、南国仕様に様変わりしている。白地に花柄のワンピースに、白色のツバ広ハット。

　通りをゆくタイの人々を見ていると、みんなビックリするほど薄着である。Tシャツに短パン姿が圧倒的に多く、足下も靴ではなくサンダルが基本スタイルのようだった。

　一方でカケルはというと、晩秋の東京を出てきたときの長袖のままだ。場違いとも言える自分の恰好《かっこう》に恨めしさを覚えながら、グラスをストローで掻《か》き回した。

「カケルくんのそれ、美味《おい》しい？」

「うん、結構辛いけどね……」

　白いご飯の上に、挽肉《ひきにく》をバジルと炒《いた》めたものをかけ、目玉焼きが乗せてある。唐辛子の赤色が見るからに辛そうだ。ガパオライスというらしい。名前は聞いたことがあるし、日本でも食べたことがあったが、それがタイ料理だったとはカケルは初めて知ったのだった。

「でも……まぁ、辛いの嫌いじゃないから」

オタクは意外と辛いものが好きなのだ。別に統計をとったわけではないけれど、そういえばアキバには辛さを売りにしたような店が多かったりするし。そして、そういう店には長い行列ができていたりもする。

「へぇ、大人だなぁ。私は辛いのあまり得意じゃないかなー。タイ料理ってスパイシーって聞いてたから、ちょっと警戒してる」

だから焼きそばを注文したのか、とカケルは得心した。

「パッタイっていうんだって。これは辛くないから大丈夫。良かったらちょっと味見してみる？」

「えっ、いいの？」

別に下心はないつもりだが、女子という存在自体に免疫がないせいか、些細《ささい》なことでもいちいちドキッとしてしまう。一口食べさせてもらったら、確かに辛くはなかった。

ともあれ、この旅の一食目である。

カケルにとっては、海外で食べる初めてのご飯になる。

――口に合わなかったらどうしよう。

当初はそんな不安も抱いていたが、タイ料理が自分の好みの味だったことにカケルはホッとした。

なんとか無事に宿にも辿《たど》り着け、こうしてご飯にもありつけたわけだが、それもこれもすべて彩世のお陰だった。

「明日は何か予定がある？　私は行ってみたいお寺があってさー。そうそう、これこれ、このお寺」

彩世がスマホにＳＮＳの画面を表示させた。彼女が気になっているというお寺の写真なのだろう。一緒に行かないかと誘われていることは、鈍いカケルでも流石《さすが》に理解できた。

「おもしろそうだね。一緒に行ってもいい？」

すっかり彩世のペースだが、満更ではない。

そういやネトゲでもこういう作戦会議みたいな会話は日常茶飯事だなぁと、カケルはフト思い出した。

［明日のアプデは何からやる？］

［とりあえず新ボスは倒しに行きたいねぇ］

などという感じの会話《チャット》だ。

油断すると、すぐに仮想世界と現実世界の境界線がなくなってしまう。カケルの悪い癖である。

飛行機が着いたのが午後遅くだった。移動疲れもあるし、初日はご飯を食べたらホテルに戻って休むことにした。

すでに日も落ちた街にはネオンが灯《とも》り、行き交う車やバイクのクラクションがけたたましく鳴り響いていた。

夜になっても熱気は冷めず、レストランからホテルまでの数分の距離を歩いただけで汗をかいてしまう。明日は南国らしい服装に着替えようとカケルは心に誓った。

＊

一泊して翌日、二人はタクシーで一緒に観光へ出かけることになった。

まず訪れたのが、彩世が行きたかったというお寺だ。

「すごくインスタ映えするお寺なんだってさー」

なんでも日本の某有名女性アイドルグループがプロモーションして、一躍話題になったのだとか。

カケルはオタクとはいえ、ドルオタではない。アイドルはあまり詳しくないのだが、名前を聞いたら、そんなカケルでも知っているほど有名なグループで興味を覚えた。

お寺の名前は、ワット・パクナムという。

「ワットっていうのがタイ語でお寺という意味みたい。つまり、パクナム寺って訳せばいいのかなー。タイにはたくさんお寺があるけど、どこもワットなんとかって名前みたいで」

彩世が昨晩ガイドブックを読んで覚えたという豆知識を披露してくれる。「へぇ」とか「そうなんだ」と相づちを打ちながら、カケルは改めて彩世に尊敬の眼差《まなざ》しを送っていた。

「なんだか添乗員さんみたいだね」

思ったことが自然と口に出てしまう。

「えっ、何か言った?」

「ううん、なんでもない……」

流行りに敏感で、情報収集意欲が高いのはいかにも女子高生という感じだ。彩世自身は付け焼き刃な知識なのだと謙遜《けんそん》するが、なんでも人任せなカケルからすれば、頼れる優等生そのものである。

ちなみに、ガイドブックをカケルは持ってきていない。実は、買ってはいたのだけれど、持ってくるのを忘れてしまったのだ。自分のマヌケぶりに呆れるのだが、一方でガイドブック自体にそれほどありがたみを感じていないのも正直なところだった。

読み方が分からないといったほうが正しいかもしれない。ページをパラパラめくったら小さな文字で情報がぎっしり詰まっているのを見て、そっと閉じた。まるで教科書みたいで読む気が失《う》せて積ん読していたら、まんまと忘れてしまったというわけだ。

まあでも、知りたいことがあればスマホで検索すればいい。旅の初心者らしからぬ強気な発想だが、ググれば分かるだろうと、カケルはこの点は楽観的に考えていた。

タクシーが停まったのは、アーケード状のトンネルの入口だった。フェンスが置かれており、ガードマンが立っている。どうやらここから先は車が入れないようで、下車して歩くことにする。

彩世が地図を確認しようとスマホを取り出そうとした刹那《せつな》、カケルは壁に案内図が貼《は》れていることに気がついた。

「何か日本語で書いてあるよ。ええと……緑ガラス仏塔？」

お寺の名前ではなく、緑ガラス仏塔という文言のみ。

「なんだろうね？　わざわざ書いてあるぐらいだから、この図の通りに行けばいいのかな」

図に書かれた矢印の方向へと二人は歩を進めることにした。

お目当てのパクナム寺は、長いアーケードを抜けた先にあった。参道には出店が並んでおり、それらをチラチラ見ながら歩いて行くと、橙《だいだい》色のローブのような服を着た少年たちとすれ違った。

「お坊さんかなー？　カワイイね」

頭が丸坊主で一休《いっきゅう》さんのようだ。着ている橙色の服は袈裟《けさ》というのだと彩世が教えてくれた。

　やがて見えてきたのが、巨大な白亜の塔だった。角錐状《かくすいじょう》の塔のてっぺんのとんがりが、南国の青い空へと突き出るように伸びている。

「これが仏塔ってこと？」

「かな？　でも緑じゃないし、ガラスでもないね……」

　カケルは先ほどの案内図の文言を思い出す。目の前の塔は、緑ガラス仏塔という言葉のイメージには似つかわしくないが。

　疑問の解答は、仏塔の中にあった。靴を脱いで塔へ入り、階段を上っていく。二階、三階、四階……と各フロアを巡り、最上階の五階に辿り着いた瞬間、世界が変わった。

　ドーム状の天井がエメラルドグリーンを基調とした極彩色に塗られ、中心部には太陽らしき大きな円形の物体が輝いている。屋根全体に無数の星々がちりばめられ、周囲を囲むようにして木の下で瞑想《めいそう》するお釈迦《しやか》様のような絵がいくつも描かれている。

「宇宙……みたいじゃない？」

　首をグッと倒して視線を上に送りながら、彩世がつぶやいた。

「……うん」

　宇宙という形容はあながち間違っていない。見上げ続けていると、吸い込まれそうなほどなのだ。

同時に、これがRPGならば、いかにもボス敵とのバトルが待っていそうな空間だなぁとカケルは思った。現実世界にいながらにして、異世界へトリップした気分。いまにも背中の両手剣を抜刀しそうな勢いの自分がしみじみ痛い。

エキセントリックな壁画に埋め尽くされた天井の真下、フロアの中央にはミニチュアの仏塔が鎮座していた。形はいままさに内部にいるこの仏塔と同じだが、色は白ではなく緑。ガラスを積み重ねているようで、角度や光の具合により色調が違って見える。

なるほど、これが「緑ガラス仏塔」というわけだ。

彩世が隣でスマホのシャッター音をカシャカシャ鳴らしている。

「カケルくんも入ろうよ」

と誘われたので、遠慮がちに一緒に写真におさまった。

データを送ってもらうついでにLINEも交換した。女子とふるふるするのは初めてで、カケルは緊張してスマホを持つ手が違う意味で少し震えたりもした。

パクナム寺の境内は日本人旅行者だらけだった。「緑ガラス仏塔」という日本語の案内が出ているぐらいだし、日本人にとくに人気の観光地であることは間違いなさそうだ。

外国にいるにもかかわらず、あちこちから日本語の会話が聞こえてくるのは不思議だが、同時に安心感も覚える。

慣れ親しんだ言葉が飛び交う空間に身を置くうちに、カケルの中で張り詰めていた緊張も解けてきたのだが——。

お寺からの帰路、パクナム寺の前ではなかなかタクシーがつかまらなかった。立ち尽くしていると、近くに一台の乗り物が停まった。三輪のバイクのような乗り物だが、後ろに座る席もある。

「あれに乗ってみない？」

言い出しっぺは彩世だ。

「あれもタクシーなの？」

「そうだと思う。トゥクトゥクって言うんだって。音の響きがいいよねー、トゥクトゥクって」

彼女は興味津々といった様子で、運転手に声をかけた。

「乗っていいって。行ってくれるみたい」

やったーと喜びながら二人で乗り込む。後部座席は想像したよりも狭い。そのせいで彩世と密着するような形で座ることになり、カケルはドキドキした。

ウイィイーンという爆音をかき鳴らしながらトゥクトゥクは走った。エンジン音があまりに騒がしく、すぐ真横にいるというのに、声量を上げないと彩世と会話ができないほどだった。

運転席のすぐ上に付いているバックミラーに、二人の姿が映っていた。見るからに男女のカップルという感じで、カケルは嬉《うれ》しさと恥ずかしさでますます顔が赤くなった。

「……しまった」

吐息混じりに彩世がつぶやいたのは、信号待ちで停車していたときだった。

「ん？　どうしたの？」

「いや……いくらなのか聞かなかったなーって」

タイに来てからタクシーには二度乗ったが、いずれもメーターが付いていた。日本と同じで、走った距離や時間に応じて課金される仕組みになっていたからとくに問題はなかった。

一方でトゥクトゥクはというと――。

「たぶん、値段は交渉制なんだと思う。だから乗る前に確認するべきだったかなーって」

「なるほど……」

言われてみると、確かにメーターのようなものは見当たらない。

行き先はレストランだった。有名店なのか、名前を言っただけで運転手はすぐに理解してくれたのだが、その際に料金の提示はなかったという。

「ごめんねー、乗る前に気がつけば良かったんだけど」

彩世は謝ってくれたが、そもそもカケルには交渉制という概念すらなかったわけで、彼女を責める気などあるはずもない。

いまさらではあるけれど、念のため確認しておこうという話になった。カケルがトントンと運転手の肩を叩《たた》いて呼びかけ、彩世が英語で聞く。

「ハウマッチ？」

いくらですか？　という意味のものすごく初歩的な英語だが、返ってきたのは英語ではなくタイ語だった。

「アライナ？」

意味は分からないが、イントネーションが疑問系のようだし、「なんだって？」と聞き返されたような雰囲気。

そこで彩世は機転を利かせ、「ハウマッチ？」のあとに「マネー」という単語を続けた。すると、ようやく伝わったようで、運転手は数秒考えた後に、左手をパーにして見せてくれた。

「五十バーツ……かな？」

彩世がカケルに耳打ちする。手の平を広げるジェスチャーから連想される数字は「五」だ。この国の金銭感覚はまだつかめていないが、五バーツだと約十五円になるから流石に安すぎる。となると、五十バーツは妥当な金額に思えてくる。

しかし、目的地に到着して、彩世が五十バーツ札を渡すと、トゥクトゥクの運転手は首を振った。

「ファイブハンドレッド」

大真面目《おおまじめ》な顔をして、そう一言、言い放った。

「なんだ英語も分かるんじゃん」

カケルは思ったことをそのまま口にした。自分が的外れなことを口走っていると気がついたのは、彩世に指摘されたからだった。

「ファイブハンドレッドって五百だよ」

「えっ？　五百バーツってこと……って、ええええっ、高くない？」

「高いよ……」

カケルはようやく状況を把握した。

確かに運転手は手の平で「五」を示しただけだった。五十バーツというのは、こちらが勝手にそうだろうと解釈した金額だ。

けれど、走行したのはお寺を出てからせいぜい十五分ぐらいである。昨日空港からホテルまで一時間近く乗ったタクシーでさえ四百バーツもしなかった。いくらなんでも五百バーツは不当だろう。

これは、いわゆるボッタクリというやつだ。

「……こうきたか」

彩世がいつになく低い声でボソッとつぶやいた。

「とりあえず自分が出すよ。五百バーツちょうどあるし」

場を取り繕おうと、よかれと思ってカケルは提案したのだが——。

「えっ、払うの？」

カケルの申し出を聞いて、彩世は目を吊《つ》り上げた。

まさかの地雷？　選択肢を誤った？

「払ったらダメだよ。絶対ダメだからね」

まるで子どもに言い聞かせるように彩世が語りかける。

その声音にはいつになく棘《とげ》が感じられた。帽子のツバが広いせいで、表情はハッキリ見えないが、これまでの穏やかな彼女からは想像できないほどピリピリしたオーラを漂わせている。

その後しばらく彩世と運転手との間で、払うか払わないかで応酬が続いた。カケルは二人のやり取りをハラハラしながら見守ることしかできなかった。

結局、料金交渉は百バーツで手打ちになった。お互いの主張の間を取った形だが、元の言い値が五百だったから百なら善戦したと言えそうだ。もっとも、カケルだけだったら言い値の五百バーツをそのまま払うところだったのだけれど。

「ごめんねー。私、ああいうの許せなくて……」

トゥクトゥクが走り去ると、彩世は臨戦態勢を解いた。

「金額の問題とかじゃなくてさー。なんか悲しいし、悔しいというか。おかしいことにはおかしいと、泣き寝入りせずにちゃんと反論したほうがいいと思うんだよね」

強いのは正義感か、はたまた負けん気か。

思いもよらぬシリアス展開に、カケルはどぎまぎした。彩世の新しい一面に触れると同時に、ただ横で見ているだけだった自分の不甲斐《ふがい》なさに情けない気持ちになった。

＊

強い陽射《ひざ》しを避けるようにして日陰を辿っていると、道端の露店で見たこともないフルーツが売られていた。赤や黄色など皮の色からして妙にカラフルで、なんていう名前なのかは知らないが、いかにも南国らしい果物だなぁとカケルは目を細めた。

曲がり角には小さな神棚のようなものが立っていて、これまた色とりどりの花飾りがかけられている。通りかかった人々がそれに向かって手を合わせているのを見て、この地の仏教に関係するものかもしれないなとカケルは想像した。

神棚のようなものの下には一匹の犬がぐでんと横になり、お腹を露《あら》わにしただらしない状態で寝こけている。

「気持ちよさそうだなぁ……」

惰眠《だみん》を貪《むさぼ》る犬を羨《うらや》ましがりながらカケルが小声を漏らすと、彩世はそれが聞こえなかったのか、別の話題を振ってきた。

「さっきのカオマンガイ、美味しかったねー」

トゥクトゥクでぼられそうになり、一時は険悪なムードも漂いつつあったが、昼食をとりに入ったお店が大当たりで彩世もすっかり機嫌を戻していた。

ちなみに彩世のこの台詞《せりふ》、かれこれもう五回目ぐらいである。どうやら相当気に入ったようで、いまだ呆《ほう》けた表情を浮かべている。

カオマンガイというのは蒸した鶏肉《とり》を、蒸し汁で炊いたご飯の上に乗せたもので、タイ料理の定番の一つだという。

「辛さもほどよいし。ご飯の味付けも私好み。毎日でも食べたいぐらい。でも、カロリーは高そうだよねー」

彩世はいつにもまして饒舌《じょうぜつ》だ。食事の話題でこれほど盛り上がれるのはいかにも女子っぽいし、味音痴のカケルからすると素直に羨ましい。

二人がやってきたのは、フアランポーン駅だった。バンコクで一番大きな鉄道駅で、ここからタイ各地へと列車が出ている。日本でいえば東京駅のようなところだ。

「切符を買いたいから。付き合ってくれる？」

絶品のカオマンガイを食べながら、そう切り出したのは彩世だった。もっとも、無計画で主体性のないカケルが言い出すはずもないのだけれど。

「このあと、チェンマイに行こうかなーって。カケルくん知ってる？　チェンマイ。タイで二番目に大きな街なんだって」

「へえ、名前ぐらいは聞いたことがあるかな。二番目ってことは、日本でいえば大阪みたいな感じ？」

「うーん、どうだろう。むかし都があったところで、古いお寺とか遺跡とかがあるって聞いたけど」

「そしたら、大阪というより京都か」

旅に出て以来、カケルは自分の無知を痛感させられていた。とくに地名などは名前は知っていても、そこがどういうところなのかイメージが湧かないのだ。

――もう少し真面目に地理の授業を受ければ良かった。

そんなことを考えながら、カケルは彩世に質問した。

「チェンマイへはいつ発《た》つの？」

「切符が取れればだけど……明日の夜には」

彩世の返事はカケルの心を動揺させた。列車に乗って別の街へ移動するということは、彩世との別れを意味する。出発のタイミングが明日の夜ならば、それがタイムリミットということになる。

元はといえば、成り行きで行動を共にすることになっただけの関係である。お互い旅のルートは違うわけで、カケルが本来するはずだった一人旅に戻るだけのことだ。

それは、分かっているのだけれど——。

「チェンマイ良さそうだね」

後ろ髪を引かれ、カケルは思わず口に出していた。何気ない台詞のようでいて、遠回しに彩世にアピールしたつもりだった。

ある意味、確信犯。

しかし彩世は深読みはせず、額面通りに受け取ってくれた。

「カケルくんも一緒に行く？」

すると、まんまと期待した通りの反応が返ってきたから心の中でガッツポーズを決めた。

「ちょっと興味あるかも」

本心では飛び上がりそうなほど嬉しいのに、恰好つけてポーカーフェイスを装う。

「京都って言われると、いかにも修学旅行って感じだし」

咄嗟《とっさ》に考えたにしては上出来な言い訳だ。言葉にして初めて、カケルもこの旅が修学旅行だったと思い出したほどだが。

「行こうかな。どうしようかなぁ……」

迷っている素振りを見せながらも、気持ちは既に傾きつつあった。

無論、行く方向にだ。

タイの次はインドに飛ぶ予定で、飛行機も予約済みだが、仮にチェンマイへ寄り道したとしてもスケジュール的には間に合う。

「京都は修学旅行の定番だよね。タイの京都ってところがおもしろいかもねー」

とってつけたようなカケルの理由付けだったが、彩世は素直に納得したようだった。

ファランポーン駅の構内は、まるで学校の体育館のように広々としていた。丸みを帯びた天井の下、壁などの仕切りがないオープンな空間を、人々が大荷物を持って行き交っている。

チケットオフィスはすぐに見つかった。並んでいる人は少なく、すぐに自分たちの番になった。彩世が英語で希望を伝えると、窓口の女性は首を横に振った。

「明日はもう満席なんだって」

彩世はガッカリした表情を浮かべる。

「結構人気があるって聞いてたけど。まさか空いてないとは」

夜行の寝台列車なので、定員数も限られるという。

そう上手くは事が運ばない。買えないとなると、無性に欲しくなるのはオタクの習性の一つで、飢餓感を煽られる形で本来の予定とは違うもので手を打ったりもする。

「明日以外は？　ほかに空いている日はないのかな？」

「今晩なら空いてるって……あと二席」

今晩か。流石に急すぎるのか、彩世が戸惑う素振りを見せた。

「行こうよ、今晩ので。チェンマイ、俺も行くから」

カケルは反射的に口にしていた。

ここまでずっと彩世のペースで、ほとんど後に付いていくだけだったカケルが、初めて自分から行動に移した瞬間だった。

背中を押され決心がついたのか、彩世が窓口の女性に言った。

「ツーチケット・プリーズ」

タイムリミットは先延ばしになった。

いったんホテルに戻って荷物をまとめ、二人はふたたびファランポーン駅へ戻ってきた。

急用ができたのでチェックアウトしたいというと、ありがたいことにキャンセル扱いにしてくれ、その日の分の宿泊費は請求されなかった。

「タイの人ってさ、なんかゆるいよねー」

ゆるい、というのは褒め言葉だろう。人あたりが良く、ニコニコしている人が多い。ガツガツした感じはなく、マッタリしている。

「微笑《ほほえ》みの国って呼ばれてるんだって。私、それも分かる気がするよ。年がら年中暑い国だからさー、極力ストレスをためないようにしているのかなーって」

トゥクトゥクでぼられそうにはなったが、あの運転手も彩世に反論されたらアッサリ言い値を下げた。ものすごくがめついかというと、案外そうでもなさそうだ。あの一件以外には、いまのところとくに嫌な目には遭っていない。

グーグルマップで調べると、チェンマイまではざっと七百キロぐらいあることが分かった。二人が乗る夜行列車は十九時半にバンコクを出て、翌朝の八時四十分にチェンマイに到着する。約十三時間はカケルにとってかなりの長旅だ。

鉄道に乗車して、まず感じたのは車内の気温の低さだった。

「……寒くない？」

彩世の第一声。彼女も同じことを思ったようだ。

外が猛烈に暑かっただけに、余計に温度差が気になるというのもあるが、それにしても寒い。キンキンに冷えており、まるで冷蔵庫の中にいるかのようだ。

「タクシーもエアコンがんがんだったし。タイって室内はちょっと過剰かなーっていうぐらい寒いよね」

羽織ったカーディガンのボタンを留めながら彩世がつぶやく。

二人が乗ったのは二等寝台車だった。一等だと個室らしいが、二等では通路を挟む形で左右に座席が配置されている。それぞれの座席は上下で二段ベッドになる形式だ。発車してしばらくすると、車掌さんがやってきて寝床をセッティングしてくれた。

「夜行列車ってよく乗るの？」

「実はねー初めてなんだ。だから、ちょっと緊張してる」

「ふーん。でもなんで列車なの？　チェンマイまでは飛行機では行けないの？」

「それはさーカケルくん、ロマンだよ。ロマン」

「ロマン？」

まるで男子のようなことを言うんだなぁと呆気《あっけ》に取られながら、カケルは彩世の次の言葉を待つ。

「飛行機だとワープするみたいで呆気ないなーって。列車のほうがさー、旅してるって感じしない？」

旅してる——か。

引きこもり気味の少年だった自分が、こうして異国の地で列車に揺られていると考えると、それはそれで感慨深いものがある。

七百キロも先の街まで行くとは思えないほど、列車の走行速度は遅かった。すでに日は落ちている。車窓に目をやると、薄闇《うすやみ》の中、夜空に大地の輪郭がぼんやりと浮かび上がっていた。

差し当たって決めねばならないのは、各自が二段ベッドの上下どちらで寝るか。買えたチケットは同じ席の上下段だったのだが、エアコンの送風口が上に付いているという理由でカケルが上段になった。

「ありがとう。なんだかすまないねぇ」

冷え性という彩世に下段を譲ると、大げさなぐらいに感謝された。その言い回しがおばあちゃんのようで、カケルはクスッとする。

「あーいま笑ったでしょう?」

「なんでもないよ。長内《おさない》さんの言い方がちょっとおもしろくて」

「えーなんでもなくないじゃん。おもしろくないし……」

彩世はふくれっ面になる。しまった、余計なことを言ってしまったかも、とカケルは身構えたが、

「というより、はじめて名前を呼んでくれたね」

機嫌を損ねたわけではないと分かり、カケルはホッとする。

確かに、「オサナイさん」と口に出して呼んだのは初めてだった。

「苗字《みょうじ》じゃなくてもいいよ。私もカケルくんって呼んでるし」

そう言われても、いきなり名前呼びするのは躊躇《ちゅうちょ》してしまう。男子校にいるせいか、同

世代の女子をなんて呼ぶべきか分からない。カケルにとっては悩ましい問題だった。彩世さん――なんか古風だし、彩世ちゃん――馴《な》れ馴《な》れしいし、彩世――呼び捨ても偉そうな感じがする。

カケルが考え込んでしまったのを見て、彩世は慌てて取りなす。

「そんなに悩まなくても……呼び方はカケルくんにまかせるよ。まあでも、とりあえず長内さんでもいっか」

「ごめん、ちょっと考えてみる」

考えるほどのことなのかという疑問はありつつも、カケルは恥ずかしさのあまりいったん話題を打ち切るのが精一杯だった。

寝台はカーテンが付いており、それをしめればいちおうプライバシーは保たれる。とはいえ、イビキでもかこうものなら周囲に聞こえるに違いない。

自分のすぐ真下に彩世が寝ていると思うとドキドキした。

寝台は空間にゆとりがあり、寝心地も意外と悪くなかったが、カケルは妙に興奮してなかなか寝付けなかった。

＊

「マイペンライって知ってる？　タイ語で大丈夫とか、気にしないでとか、そういう意味らしいんだけど。昨日寝る前に読んでた本に書いてあって。旅行作家さんのエッセイで」

食堂車で彩世の話をぼんやりと聞いていた。カケルは朝が弱いタイプだ。コーヒーを一口飲むと、ようやく頭が回転し始める。

「タイの人たちはなんでもマイペンライで済ませるんだって。便利なフレーズらしくて。なんかヘンだよねー」

彩世は昨晩はカケルの真下で読書タイムだったらしい。朝からやたらとよく喋るが、よほどおもしろい本だったのか、読んだばかりの知識をここぞとばかり披露してくれていた。

「もうすぐ着きそうだねー。夜行列車、意外と快適だったなぁ。カケルくんはどうだった？　ちゃんと寝られた？」

カケルは昨晩のことを回想した。実をいえば予想していた以上に寒くて、凍えそうになったりもしたのだが——。

「ええと、なんだっけ？　まいぺ……？」

「マイペンライ」

「そうそう、マイペンライ。大丈夫だったよ。普通に寝られた……と思う」

彩世の前だと、つい強がりを言ってしまう。

朝食のサンドイッチを頬張《ほおば》りながら、カケルはスマホで現在地を確認した。列車は順調に北上しているようだった。

「もうすぐ着きそうだね、チェンマイ」

車窓にはのどかな風景が流れていた。昨日までいたバンコクと同じ国とは思えないほどの圧倒的田舎感あふれる風景だ。それをボーッと眺めていると、彩世が話題を変えた。

「それはそうと、ちょっと気になることがあって……」

いくぶん険しい表情を浮かべている。

「チェンマイのホテルをいくつか調べてみたんだけど、良さそうなところはどこも満室で。空いていてもすごく高いんだよね」

急遽《きゅうきょ》決まったチェンマイ行きだから、どこに泊まるのかという問題はあった。でもまあ、移動中にスマホでパパパッと予約しちゃえば大丈夫でしょう、と彩世がやたらと男前に言い放ち、その問題は先送りにしていたのだ。

「とりあえず駅に案内所があるみたいでさー。そこでホテルを紹介してくれるって情報が出てた」

「案内所、行ってみようか」

と賛成しつつも、カケルは胸騒ぎがした。

――これがフラグにならないといいけれど。

などと思うから、それが迅速に回収されてしまう。

チェンマイ駅で二人を待っていたのは、予想外の事態だった。緊急事態といっていい。

「えっ、ホテル？　予約していないんですか？」

駅構内のツーリストインフォメーションで応対してくれた女性は、こちらの問いかけに対して質問で返してきた。

「今日はホテルはいっぱいですよ。ロイカトーンなので」

ロイカトーン？　何それ？

詳しく聞いてみると、それがタイの伝統的なお祭りなのだと分かった。一年で一番街が混雑する時期であり、観光客にも大人気のお祭りなのでホテルは何ヶ月も前から予約でいっぱいだという。

「空きがないか、聞いてみましょうか」

まだ若い二人の外国人旅行者が憐《あわ》れに感じたのか、ひとまず電話をかけてくれるという。

カケルは祈るような気持ちで見守った。

すると何軒目かで、女性の表情がパッと明るくなった。

「キャンセルが出たそうで、一室だけ空いているそうです」

おお良かった！　と喜んだが、すぐに冷静になる。

「一室だけ？」

「はい、ツーベッドルームがひとつ。場所も街の中心部で、お祭りを見るのにも便利なところですよ」

女性は何か問題でもあるのか、とでも言いたげだ。

「私は別にいいけど」

彩世の発言に、カケルは耳を疑った。

「そこしか空いてないのなら仕方ないし。カケルくんはいや？」

咄嗟に言葉が出てこない。

……っていうか、いいのか。

仮にも健康的な男子高校生と女子高校生である。寝台車の上段、下段の距離でさえドキドキしたのに。同じ部屋に寝泊まりするなんて……。

「私は、マイペンライだよ」

照れ隠しなのか、冗談っぽく彩世が覚えたてのタイ語を使う。女子に先に言われたら、カケルも覚悟を決めるしかない。

「俺も……マ、マイペンライ」

つられてカケルもタイ語になった。

駅からはトゥクトゥクに乗って、予約を入れてもらった宿へ向かった。案内所の女性が言うには、チェンマイではメーター制の普通のタクシーはあまり走っていないのだという。

「バンコクとはやっぱり違うねー。のんびりしているというか」

後部座席で一緒に座る彩世がはしゃぐ。一方で、カケルは気が気でなかった。

「偶然とはいえ、いいタイミングに来たよね。年に一度の大きなお祭りって……ラッキーじゃない？」

「うん……」

そのせいで相部屋になってしまったけどね、と言いそうになって口をつぐむ。彩世はなんとも思っていないのだろうか。

——本当に一緒の部屋でいいの？

と問い質《ただ》したいが、いまさら念を押すのも格好悪い。

走行するトゥクトゥクの振動をお尻に感じながら、カケルは落ち着かない気持ちで街の風景に視線を送っていた。

道路の上には横断幕が掲げられ、建物には原色の花飾りがかけられている。街がお祭りムードに包まれていることは、着いたばかりの旅人でも気がつくほどだった。

「修学旅行らしくなってきたかなー？」

彩世がイタズラっぽい目で問いかけてくる。

先生に隠れて異性の部屋にこっそり忍び込むのは、共学校ならきっと修学旅行の定番イベントだよなぁ……などとカケルは想像したが、彩世が言っているのはたぶんそういうことではない。

「レポートに書くことはできたよね」

とりあえずはまだ優等生を演じておくことにする。

チェンマイの旧市街はお堀や城壁に囲まれていた。この地が王国の都だった時代の名残なのだろう。

城壁内へ進入する入口の一つ、ターペー門を通り過ぎた辺りでトゥクトゥクは停車した。

無事、目的の宿に着いたようだ。

「カフェ？」

「ホテル……には見えないねー」

道路に面してオープンエアのテラス席が設けられ、テーブルや椅子《いす》が置いてある。どこからどう見てもカフェの佇まいだが、中へ入ってみると二階から上が宿泊施設になっていた。

「駅から連絡してきた日本人ですか？」

こちらから質問するよりも早く、カウンターにいたお兄さんに声をかけられた。話はちゃんと伝わっていたようでホッとする。

パスポートを見せると、名前などをノートに書き写し、ほいっと鍵《かぎ》を渡してくれた。

「四〇七号室です。そこの階段を上って四階へ行ってね」

宿にはエレベーターがないという。重いスーツケースを持って四階まで上がるのは苦行だった。自分のぶんだけでなく、彩世のスーツケースもカケルが持って上がった。

彩世にいいところを見せたい一心でがんばったのだが――。

――筋力にステ振りしておけば良かったなぁ。

相変わらずのオタク的思考で後悔する。ステ振りとはゲーム用語で、キャラの能力ステータスにポイントを振り分けること。カケルは筋力値を優先して上げるようにしているのだが、リアルではいかに非力であるかを思い知った。

エレベーターどころか、部屋にはトイレやシャワールームもなかった。ベッドが二つと、小さなデスクが一つ置いてあるだけ。

「ホテルじゃなくてホステルって書いてあるし。まぁそんな感じだよねー」

彩世は納得しているようだが、カケルは戸惑いを隠せなかった。

「ホスピタル……じゃない、ホステルか。ホテルと何が違うの？」

「あはは、ホスピタルは病院だよね。私も詳しくは知らないけど、ホテルよりも気軽に泊まれる宿のイメージかな、ホステルって。ほかにもゲストハウスっていうのもあるみたい」

つまり、安宿の一種ということか。でも、ほかに空いているホテルがないのだから、贅沢は言っていられない。

狭い部屋ではゆっくり過ごす気になれず、ひとまず一階のカフェで小休止することになった。宿自体はチープな感じもある一方で、カフェは結構小洒落《こじゃれ》ている。木製のインテリアを多用したウッディな雰囲気。

「おー、ネットが速くてサクサクだよ」

店のＷｉ－Ｆｉに接続した彩世が嬉しそうな声を上げた。パスワードはテーブルの上に書いてあった。やはり彼女は旅慣れている。ネットで情報を収集しつつ、作戦会議を行うというわけだ。

チェックインのときに応対してくれたお兄さんが、宿併設のカフェのウェイターも兼任していた。コーヒーを持ってきてくれたついでに、今日のお祭りのことを聞いてみる。

「どこで観《み》られるかですって？　パレードならすぐそこの道を通るわよ。始まるのは、七時ぐらいかしら」

世話焼きなお兄さんで、親切に色々と教えてくれた。

「あとは……そうね。ピン川に行ってみて。キャンドルを流すのよ。川にね。すっごく美しいから絶対観たほうがいいわよ」

マップを拡大表示させ、オススメの見学場所や、立ち寄るのにいいお店なども細かくレクチャーしてくれる。

ちなみにお兄さんなのに、喋り方はなぜか女性っぽい。イントネーションに抑揚があるし、動作もくねくねしている。不思議に感じたのはカケルだけではないようで、宿を出て歩き始めると、彩世のほうからその話題を振ってきた。

「かわいらしいお兄さんだったねー」

「あれは……やっぱり、そういうこと？」

「タイって多いみたい」

何が？　とまでは聞かなくても想像がつく。

「ニューハーフショー？　みたいなのもやってるみたいでさー。ガイドブックにも載ってたよ」

「へえ、おもしろそうだね」

なんとなくで相づちを打ったつもりだったが、彩世が冗談交じりに追及してくる。

「ひょっとしてカケルくん興味あり？」

「えっ？　いや……まあ……どうだろう………」

「あーなんか怪しいなぁ。図星だった？」

口ごもったせいで、余計に不審がられる。その気はないつもりだが、これ以上この話題を長引かせるとヘンにボロが出そうな気がして、カケルは無理矢理別の話に切り替えた。

「それはそうと、お昼ご飯どうしようか？」

「わたし食べてみたいのがあるんだ。カレーラーメン……って、話変えてない？　うーん、ますます怪しいなぁ」

「怪しくない、怪しくない。その、カレーラーメン？　ってどんなの？」

話を引き戻されそうになったが、カケルは逃げ切りを図る。彩世もお腹が減っているのか、追及するのはあきらめ、スマホで店の場所を調べ始めた。

＊

「アローイ」

食べ終わった器を下げに来た店の人に、彩世が話しかけた。相手はニコリと笑みを浮かべ、テーブルに伝票を置いていく。

「どういう意味？」

「ああこれ、美味しいって意味のタイ語だって。伝わったかなぁ……」

カレーラーメンは本当に美味しかった。正式には「カオソーイ」という名の料理で、チエンマイのご当地グルメなのだという。カレーもラーメンも大好物なカケルにとっては夢のような一品だ。

カレーといっても日本でお馴染《なじ》みのあの茶色いカレーとはいささか異なる。スープはココナッツミルク風味で、辛いけれどタイにしては比較的マイルドな味わい。一方で麵《めん》は黄色い中太麵なので、どことなく日本のラーメンを彷彿《ほうふつ》させる。

「麵を食べ終わった後に白いご飯を入れると、カレーライスになるんだって。お腹いっぱいで、わたしは無理だけど」

昨晩列車で読んだという、例の旅行作家のエッセイにおすすめの食べ方が書いてあったのだと彩世が教えてくれる。

その通りにしてみたら、あまりに美味しくて、ライスをお代わりしてしまった。流石に食べすぎで、お腹がはち切れそうになる。

お祭りは日が暮れてから始まるので、それまでは二人で街を散策してみることにした。チェンマイはタイの古都というだけのことはある。黄金色に輝く仏教寺院や、年代物の朽ちた遺跡など、ぶらぶらしているだけでも次々と物珍しい風景が現れ、その度にカケルはハッとさせられた。

とくに衝撃を受けたのが市場だった。お土産物などを売る観光客相手のマーケットではなく、野菜や肉といった生鮮品を扱う、地元の人たちにとって台所的存在の施設。

「海外の市場って、私は結構好きなんだ。現地の人たちの暮らしぶりが分かるというか。どんなものを食べているのかなーとかね」

「……うむ」

水を得た魚のように生き生きとし始めた彩世とは対照的に、カケルは市場に来て以来、テンションが下がっていた。ビビって腰が引けていたというのが正直なところだ。

無造作に並べられた商品の山。肉などは剝《む》き出しのまま陳列され、生前の姿が思い浮かぶほど生々しい。綺麗《きれい》にパック詰めされたスーパーの肉しか見たことがないカケルにとって圧倒される光景で、漂う匂いに目眩《めまい》がしそうなほどだった。

極めつけは、市場の近くで入ったトイレだった。

といっても、別に汚かったわけではない。清潔なことは清潔であるものの、カケルにとっては文化の違いが感じられるものだった。

日本の和式トイレのようなしゃがんでするタイプなのだが、水を流すためのレバーやボタンのようなものが見当たらなかった。

――この桶《おけ》の水を流すんだろうか？

トイレの中には、水が入った桶と柄杓《ひしゃく》が置いてある。状況から推察するに、この水で流すのが正解に思えた。というより、ほかに方法はなさそうだ。

「……うむ」

再び唸《うな》る。こういうのをカルチャーショックというのかもしれない。巣から飛び立ったばかりの雛鳥《ひなどり》のような心境で、カケルは柄杓に手を伸ばしたのだった。

＊

「私ちょっと調べてみたんだけど。今晩のお祭りってさー、つまりは灯籠《とうろう》流しみたいな感じかなぁって」

「ああ、キャンドルを流すって、宿のお姉さんも言ってたね」

「うん……って、お兄さんだよっ！」

彩世のツッコミを受け流しつつ、カケルは道端にずらりと並んでいる露店に視線を送る。

昼間の気だるい雰囲気とはうって変わり、日が落ちてからは街が急速に華やかさを増してきていた。

「……ってもう、カケルくん話聞いてる？」

「ねえ、アレが灯籠じゃない？」

露店の軒先に並べられているものが気になった。丸いホールケーキのような形。葉っぱやカラフルなお花でデコレーションされており、蠟燭《ろうそく》が立てられている。お寺のお供え物にも見える。

「あっ、そうかも。あれを川に流すんだよきっと」

彩世は納得したのか、さっそく写真に撮っている。勝手に撮るのではなく、店の人にきちんと許可を得てからスマホを向けているところからも彩世の生真面目さが窺《うかが》えた。

「せっかくだからさー、私たちも流そうよ」

きっとそう言うだろうなぁと、カケルが予想していた通りの発言が彩世の口から飛び出した。一緒にいる時間が長くなるにつれ、カケルは彩世の性格がだいぶ理解できてきていた。

「いいね、流そう流そう」

写真を撮らせてもらった露店で、中くらいのサイズの灯籠を一つ購入した。小さいのを二つ買って、一人一つずつ流す手もあるが、どちらかが提案したわけでもなく、自然とそういう流れになった。

周りが男女のカップルばかりだったせいもある。

「………」

灯籠流しの会場が近づくにつれ、彩世は言葉数が少なくなった。

外国人観光客以外の、地元民と思《おぼ》しきタイ人客は大半がカップルで来ていることにカケルも気がついていた。手を繋《つな》ぐ男女、腕を組む男女、人目も気にせず抱き合っている男女もいる。

鈍感なカケルでも流石に理解する。

これは要するに、そういう類《たぐ》いのお祭りなのだ。

クリスマスやバレンタインなどと方向性は似ている。男女が愛を語らうのにお誂《あつら》え向きのリアルイベント。

「人がいっぱいいるなぁ」

カケルは沈黙に耐えきれず、当たり障りのない感想を口走っていた。免疫ゼロのオタク人間としては、ロマンティック過ぎる空間に居心地の悪さのようなものを感じてしまう。単に意気地なしなだけだともいえるが。

「写真、ぶれちゃうね。暗いから……」

彩世がスマホを向けた先を見ると、色があふれていた。暗闇の中、灯籠に灯《とも》された炎が水面《みなも》でゆらゆらと揺れていた。幻想的な光景。男のカケルでさえもウットリしてしまう。

灯籠を流す場所は、川の上にせり出した桟橋のようなところなのだが、立て付けが悪いのか足場が不安定で――。

「ひゃあっ」

グラッとして体勢を崩した彩世の手をカケルは咄嗟に摑《つか》んでいた。

自分でも驚くほど自然に手が伸びていた。

「……ありがと」

彩世の消え入るような声を聞いて、カケルはハッと真顔になる。そうして手を放そうとしたら――握り返された。

「暗くて怖いから」

そのまま手を繋いでいてほしい、という意味だと解釈する。

カケルはドキドキした。女子の手を握ったのなんて、物心が付いてから初めてのことだ。

栈橋の縁まで辿り着き、いよいよ二人の番になった。

しゃがみ込んで、彩世と一緒に手を伸ばす。

川面《かわも》に灯籠をスッと置くと、静かに流れ始めた。

二人の前から遠ざかっていく灯籠を目で追いかける。やがてその姿が遠くに消える瞬間まで、二人は無言で見つめ続けた。

川だけでなく、夜空にも無数の明かりが灯っていた。

星明かりではない。その正体は、川原から打ち上げられたランタンだ。

「この光景、前に映画で見たことあるよ。髪の毛がとっても長いお姫さまが出てくる映画なんだけど」

彩世が瞬く光に目を輝かせながらつぶやいた。その映画ならカケルも知っている。お姫さまは、その光景を愛する男と一緒に眺めるのだ。

紙でできた白い小さな熱気球。それらが続々と空高く舞い上がっていく様に見惚《みと》れていると、知った顔が近くを通りかかった。

「キレイでしょう？　スカイランタン」

宿のお姉さん……じゃない、お兄さんだ。仕事が終わって、プライベートで遊びに来たという雰囲気。

「あなたたちは、キャンドルはもう流したの？」

質問にカケルが頷《うなず》くと、お兄さんはニヤリとした。

「一緒に流すことができると、一生結ばれるって言われてるわ。今晩はね、恋人たちのためのお祭りなのよ」

そんなことだろうと予想はしていたが、改めて説明されると、カケルはモジモジしてしまう。

一生、結ばれる？　付き合ってもいないし、なんとなく行動を共にしているだけの間柄なのだが——。

とはいえ、ここでそれを口にするのもなんだか憚《はばか》られた。彩世もまた、二人の関係についてはとくに言及せずニコニコ頷いている。

お兄さんは体をくねらせながらオネエ言葉——カケルにはそんな風に聞こえた——を連発した。

「ワタシもね、これからダーリンと待ち合わせなの」

一方的に喋りまくると、最後ははにかみながら去っていった。

「なんかすごかったねー。私、圧倒されちゃった」

「……うん」

すごすぎるって、ほんとに。

川原を出て車通りを横断すると、屋台が集まった広場に出た。

「ここ、ナイトバザールみたい」

彩世がスマホで現在地を確認している。

あちこちから肉を焼く煙やら、麺を茹《ゆ》でる湯気やらが立ち上っていて、なんだか妙に食欲をそそられる。

串《くし》に刺さった肉団子が美味しそうだったので、それを買い食いしてみたら、かかっているタレがめちゃくちゃ辛くてカケルはのけぞりそうになった。

「そんなに辛いの？　私には無理そうだなぁ」

辛いものが苦手な彩世は団子はパスして、スイーツ系の屋台に挑戦していた。頼んだのはバナナを包んだクレープのような一品で、「Ｒｏｔｉ」と英語で書かれていた。ローティ？

目の前で作ってくれるので、焼きたてが食べられる。最後に、缶に入った白い液体をたっぷりかけて出来上がり。

「この白いのはコンデンスミルクだねー。イチゴとかにかけるやつ。かなり甘いけど、これはこれでアリだね」

カケルも一切れもらって食べてみたが、とんでもなく甘かった。

激辛と激甘。なんだか両極端なのがおかしい。

ナイトバザールというだけのことはあって、夜も遅い時間だというのに人の往来は盛んだった。飲食店だけでなく、土産物を売る店も多い。

なんとなく物色するうちに、カケルはTシャツを買った。普段ならまず手にしないような派手な柄の一着なのだが、お祭りモードの街の賑《にぎ》やかな空気に触発され、浮かれていたのだろう。

「カケルくんに似合うよ」

彩世におだてられ、勢いで財布を開いていた。

ただし、三百バーツで買ったそのTシャツとまったく同じものが、その後別の店で百バーツで売られているのを目にしたときは、心がざわついた。

「あちゃー。見なかったことにしよう。ね、そうしよう」

彩世がすかさずフォローしてくれなかったら、どんよりとした気持ちになっていたかもしれない。

とはいえ、それからすぐ後に、そんな些細な失敗なんてどうでもよくなるような展開が待っていた。

その店は、周囲からは明らかに浮いた存在だった。入口にはピンク色のネオンがビカビカと輝いており、際どい衣装のバニーガールが呼び込みをしている。

「入ってみない？」

と言い出したのは、意外にも彩世だった。いや、意外でもないのかもしれない。彩世が提案し、カケルがそれにくっついていくような形でここまでずっと旅してきた。

しかしながら、その怪しげな店構えを見る限りでは、女性のほうから率先して入ろうとするような種類の施設ではないこともまた明白だった。

「ここ、ニューハーフショーで有名なお店だよ」

ガイドブックにも紹介されていたという。それならば、少なくとも危険な店というわけではなさそうだ。

受付で入場料を支払う瞬間、先ほど行きあった宿のお兄さんの笑顔が脳裏をよぎった。

店内は混雑していた。客は当然のように大人しかいない。

「ここってさ、お酒を飲むようなお店だよね？」

カケルはおどおどしながらも、彩世とはぐれないようについていく。男女の立場がすっかり逆転していた。

「大丈夫だよ。ほら、メニューにジュースとかも載ってるし」

何が大丈夫なのか分からないが、もう入店してしまったのだし、腹をくくるしかない。

コーラを頼んだら、日本ではあまり目にしない長細い瓶入りのものが出てきた。それをストローでチューチューしていると、舞台の照明が高速に色を変えながら、クルクルと回転し始めた。

それは刺激的で、目まぐるしいショーだった。

入れ替わり、立ち替わり美女たちが現れ、息一つ乱さずに踊り狂い、蝶《ちょう》のように舞った。生物学上は女ではないと言われても、にわかに信じられない。戸惑うカケルの横で、彩世がお姫さまに憧《あこが》れる少女のように目をきらきらさせていた。

「そこらの女の子よりもかわいいよね。悔しいけどさー、私なんか完全に負けてる気がするよ」

そんなことないよ、などと、ここで歯の浮く台詞を言えるような女ったらしではない。

「……………」

だから、カケルは無言で見入ることしかできなかった。

エロさが感じられないというとウソになる。中にはドキッとするような大胆な衣装を着ている子もいて、そういう子は肌色の面積がだいぶ広かったりもする。

「カケルくん、鼻の下がのびてるよー」

「えっ……」

「冗談、冗談」

そう言いながらも、彩世は目が笑っていない。

「……でも、これはさすがにレポートには書けないかも」

カケルが慌てて別の話題に変えたのはバレバレで、心底愉快そうな顔をしながら彩世は言った。

「じゃあ、二人だけの秘密ってことで」

宿に戻ってきたときには、日付が変わりそうな時間になっていた。すっかり夜遊びしてしまったが、旅行中ぐらい良いだろうとカケルは心の中で誰にともなく言い訳をする。

ドアを開けると、壁の両サイドに寄せるようにしてベッドが二つ設置されていた。それを見て、そうだ同じ部屋だったんだと現実に返る。今日は色々なことがありすぎて頭が整理できていない。

「私、シャワー浴びてくるね」

と言って、彩世は部屋を出て行った。

安宿なので室内に浴室はなく、シャワーを共用する形式なのは、カケルにとって不幸中の幸いだった。ジャブジャブ音が聞こえるほどの距離で浴びられたら、カケルは理性を保てる自信がない。

着替えを取り出そうとして、先ほどバザールで買ったTシャツの存在を思い出した。とりあえずはそれをパジャマ代わりとすることにして、自分もシャワー室へ向かう。

シャワーは最初ずっと水で、お湯が出るまでにしばらく時間がかかった。これはきっと南国仕様のシャワーなのだろう。

――彩世と一緒の部屋で寝る。

意識しないようにと考えても、つい意識してしまう。

普段よりも丁寧に体を洗った。我ながらキモいなぁと呆れるが、もしもということもある。

モタモタしているうちに結構遅くなってしまった。

心臓をバクバクさせながら帰ってくると、部屋はすでに消灯されていた。

右側のベッドが膨らんでおり、スースーという寝息がわずかに聞こえてくる。

なぁんだ……カケルは拍子抜けする。

でも、同時にホッとしたのも正直なところだった。

「おさないさん?」

呼びかけても反応はない。

「さよ……ちゃん?」

寝ていそうなのをいいことに、こっそり下の名前をちゃん付けにしてみる。ベッドの膨らみが微《かす》かに揺れたような気がしたが、やはり彼女からの返答はなかった。

Ⅲ
覚醒

バラナシ（インド）

できれば行きたくない国だった。

インドである。

別に個人的に怨《うら》みがあるわけではないのだけれど、率直に言って気が進まないのは、かの国の悪い噂《うわさ》ばかりを耳にするからだ。

「空港から乗ったタクシーで旅行会社に連れ込まれ、高額なツアーに申し込まされました」

「仲良くなって自宅に遊びに行ったら、家族が病気だから助けてほしいとお金をたかられました」

ちょっと検索しただけでも、そんな体験談がたくさん出てくる。

そういえば、彩世も怖いことを言っていた。例の旅行作家のエッセイに書いてあったという。

「お腹《なか》を壊して入院したら、病院食が一日三食すべてカレーだったんだって。読んでて想像しただけで辛そうだなーって」

　カレーは大好物だが、毎食はきつい。インドのはスパイスが強そうだし。

　彩世とはあれからバンコクまで一緒に戻ってきて、空港で別れた。同じく世界一周中の彼女は、タイのあとは中東のドバイへ砂漠を観《み》に行くのだという。砂漠も気になったが、さすがに予約済みのフライトを変更するのは現実的ではない。

　別れの瞬間は、案外アッサリとしたものだった。

「じゃあね。よい旅をー」

　あっけらかんとした表情でそう言い放つと、彩世は一足先に飛行機に乗り込んでいった。一度もこちらを振り返ることなくゲートの中へ消えていく彼女の後ろ姿を、カケルは未練がましい目で見送ったのだった。

　そして、いよいよ本格的に一人旅が始まった。

　世界一周修学旅行――二ヶ国目がインドというわけだ。

　行きたくない国なのにインドを訪れることにしたのは、例のネトゲのフレンドＢＯＢに強く勧められたからだ。

「人生観が変わるから」

　これは、なんとなく想像はできる。

「リアルＲＰＧが楽しめるよ」

敵が出てくるってこと？　ならばゲーマー魂に火がつくかも。

「インドに行かなきゃ世界一周じゃないよね」

そこまで言うならば……。

世界一周のルートを組むうえで、インドがちょうどいい位置にあることも後押しした。アジアからヨーロッパへと一筆書きで進んでいこうとすると、インドはちょうどその途中にある。

タイへ着いたときに旅のイロハを彩世から学んだお陰で、インドでは入国自体はとくに問題なく行えた。入国カードの書き方や、入国審査など空港に着いてからの一連の手続きに関しては、国が変わっても段取りにそう違いはないようだ。

ただし、タイにはなかったインドらしい手強さを感じさせる場面もあった。空港の両替所で、お金をインドの通貨ルピーに替えようとしたときのこと。

カケルが差し出したのは五千円札だった。空港はレートがあまり良くないから——これも彩世の受け売りだが——とりあえず五千円だけ替えようとしたのだが、両替所の男は意外そうな顔をした。

「オンリー・ファイブサウザンド？」

たったの五千円？　男は渡したお札をヒラヒラさせながら、こちらを小馬鹿にするように言った。

カケルはカチンときた。

「もっと替えたほうがいいよ。少なすぎる」

余計なお世話である。

こういうシチュエーションでは不思議なことに、英語があまり得意ではなくても相手の台詞《せりふ》内容が頭に入ってくる。

「五千円だけでいいです」

「最低一万円からネ。それ以下なら手数料が高くなるよ」

たったいま思いついたかのような男の言い方に、カケルは呆《あき》れてしまう。とはいえ、百戦錬磨のインド人相手に真っ向勝負を挑むほどの気概はない。結局、男が主張する手数料を払った。

インドはリアルRPGという、フレンドの言葉が頭をよぎる。さっそく現れた敵キャラに返り討ちにあったかのようだ。

この場にもし彩世がいたとしたら、どうしただろうか。正義感の強い彼女のことだから、断固として譲らなそうだなぁ。

そんなことを考えながら、カケルはさりげなく腰に手をあてる。服の中には、虎《とら》の子のマネーベルトがある。そのお陰でウェストがいつもよりいくぶんきつい。

ちなみにお金は現金で持ってきている。あとは、いざというときのためにＶＩＳＡのデビットカード。本当はクレジットカードがいいのだが、親に頼んで家族カードを作ってもらおうとしたら、家族カードであっても高校生にはクレカは発行不可なのだという。

到着したのは小さな空港だった。インドといってもデリーやムンバイなどの大都市ではなく、地方の小さな街にやってきていた。

VARANASI――バラナシと呼ぶらしい。

広大な国土を持つインドの中で、あえてこの街にやってきたのは、ガンジス川の畔《ほとり》に位置するヒンドゥー教の聖地だからだ。

「インドならバラナシ一択。マジ行くべし」

と、BOBに強く勧められたのがきっかけではあるものの、「聖地」という言葉の響きにも惹《ひ》かれるものがあった。

地方都市とはいえ、バンコクからバラナシまでは国際線の直行便が出ている。それだけ観光地として人気があるのだろう。カケルもまさにその便でタイから飛んできたのだった。

空港周辺こそ牧歌的な風景が広がっていたが、街に近づくにつれ加速度的に交通量が増してきた。窓が開けっぱなしのタクシーの車内から、カケルは目をみひらく。

クルマやトラックのほか、バイクや自転車、それにタイで見たトゥクトゥクに似た三輪の乗り物などが道路を埋め尽くしていた。自転車のように足で漕《こ》いで進む人力車みたいなのも走っているが、あれは何ていうのだろうか。渋滞して進みの遅い車道のわずかな隙間《すきま》を縫うようにして、生身の人間が平然とした顔ですり抜けていく。信号機なんてものは当然のように存在しない。

さらに驚いたのは、カオスのような状態の道路のあちらこちらに牛がいたことだ。

「野良牛？」

ゆったりとした足取りで、車の進行方向とは逆方向に歩いている牛。道のど真ん中で行く手を遮るように巨体を横たえている、ふてぶてしい牛もいる。

牧場のようなところではなく、普通の街中に牛がいるなんて、カケルの常識では理解できない光景だった。

排気ガスの煙に目を覆い、協奏曲のように鳴り響く騒音に耳を塞《ふさ》ぎながら、カケルは早くも後悔していた。

――とんでもないところへ来てしまったかも。

これが偽らざる本音だった。

そうこうするうちに、ロータリーのようなところでタクシーが停《と》まった。運転手が後ろを振り向き、指差しで何かを訴えてきた。前方を見ると、道路がバリケードのようなもので塞がれている。

「ここから先には入れないってこと？」

運転手がイエスと答えたので、カケルは意を決してクルマを降りることにしたのだった。

街の喧騒《けんそう》に我が身を置いた瞬間、こちらを値踏みするような視線を四方八方から感じた。考えすぎかもしれないが、それら視線の持ち主たちがみな悪者に思えてくる。

青白くてひょろっとした日本人の若者なんて恰好《かっこう》の餌食《えじき》である。まさに鴨《かも》が葱《ねぎ》を背負《しょ》ってやってきた状態。

「リキシャー?」

ヒゲの男に声をかけられたのは、スマホで宿の場所を確認しているときだった。例の自転車で漕ぐタイプの人力車のような乗り物が停まっていた。そうか、これはリキシャーって言うのか。

ここから先は自動車はＮＧだが、これなら入れるらしい。スマホの画面に表示させた宿の名前を見ると、ヒゲの男は頷《うなず》き、カケルに乗るように促す。

歩いて行くにはそこそこ遠そうだし、重たい荷物もある。

念のため料金を確認すると、「サーティー」だという。サーティー、三十ルピー。相場は分からないが、高すぎる値段でもない。

一瞬迷ったが、乗せてもらうことにした。リキシャーというこの珍しい乗り物に乗ってみたい気持ちもあった。

座席の位置が高いお陰で、リキシャーに乗ると視界が少し広くなった。路面がデコボコなので乗り心地はいいとは言えないが、思ったよりもずっと爽快《そうかい》な乗り物という感想だ。

一方で、ヒゲの男が懸命にペダルを漕ぐ様を、高い位置から見下ろしていると、なんだか申し訳ない気持ちにもなってくる。

リキシャーはカケルが想像した以上にスピードが出た。あっという間に目的の宿に着いたのだが、降りる段になって思いがけず問題が発生した。油断大敵とはよく言ったものだ。

「サンキューベリーマッチ」

ありがとうとお礼を言い、お代の三十ルピーを手渡そうとすると、ヒゲの男は顔をしかめた。

「サーティーダラー」

えっ……。ダラー？　ドルってこと？

カケルは絶句した。

確かに乗る前に告げられたのは「サーティ」だけで、それが「ルピー」であるかまでは確認していない。しかし、三十ドルなんていくらなんでも高すぎる。

タイでも似たような一件があったが、あのときの手口は数字の桁《けた》数を誤認させるというものだった。まさか単位となる通貨が違うなんて、考えもしなかった。

はめられた――状況を把握するも、とき既に遅し。

どうしようか思案する。カケルは困り果て、立ち尽くした。

そのときだった。不意に背後から声が聞こえた。

「どうしたの？　日本人……よね？」

日本語だ。見ると、宿から出てきたところといった雰囲気の女性が一人。

「三十ルピー払おうとしたら、三十ドルだって……」

詳しい前後関係は一切省き、そう言っただけで、女性は状況を理解したようだった。

「なるほど。とりあえず、その三十ルピーを渡してこっちにきなよ。しつこく食い下がってきたら無視していいから」

そう言って、女性はカケルの手を引く。

「えええ、いいんですか？　なんか睨《にら》んでるけど……」

ヒゲの男が硬い表情で何かを言っているが、相手にせずに宿の中へ逃げ込んだ。

「だいじょうぶ。三十って言い値でしょう？　相場は十ルピーだから。向こうとしては三十ルピーでも十分儲《もう》けてるから。あ、ここに泊まるのよね？」

少し経《た》ってから外の様子を窺《うかが》うと、リキシャーはあきらめたのかどこかへ去ったようだった。

「ありがとうございます」

落ち着いてから、改めて女性に向き直る。

カケルよりも二、三歳上だろうか。パッと見の第一印象は、大人のお姉さんといった感じ。

髪は長く、軽くウェーブがかかっている。無地のタンクトップに、デニムのボトム。着こなしはシンプルだが、三日月を模した形のベルトのバックルがワンポイントで目立っている。

「私もね、この宿に泊まっているの。よろしくね」

女性は、むらかみまいと名乗った。

「むらかみは普通のむらかみで、まいも普通のまい」

普通ってことは村上？　でも、まいは舞、麻衣、真衣……結構色々ありそうで、どれが普通なのか正直分からない。

「仁科カケルです。よろしくお願いします。仁科は普通のにしなで、カケルは……カタカナです」

「おおっ、カタカナかー。いいね。漢字じゃない仲間だ」

「仲間？」

「まいはね、平仮名だよ。ね、普通でしょう？」

ケラケラと笑う様からは、どこまでが本気なのか分からない。普通の概念は人それぞれだけれど……。

実は名前が漢字ではないことが、カケルにとっては密《ひそ》かにコンプレックスだった。幸い、それが原因でイジメに遭うようなことはなかったものの、一時期は両親を恨んだりもした。少なくとも珍しい名前であることは確かだろう。

「カケルくんはこの後、何か予定ある？」

チェックインを済ませると、まいさんが声をかけてきた。

「暇ならちょっと付き合ってよ。ついでに街を案内するからさ」

予定なんてあるはずもなく、二つ返事でオーケーする。部屋に荷物を置くと、すぐに出発することになった。

「いやぁでも、いまどき珍しいぐらい典型的なタカリだったねぇ」

川に面したカフェでお茶をしながら、先ほどのリキシャーの一件を振り返っていた。

「サーティダラーって……面の皮が厚いよねぇ」

カフェといっても、道端に椅子《いす》を出しただけの簡素な店だった。屋根なんてない野ざらし状態。店と呼ぶのも躊躇《ためら》うような、本当に椅子が出ているだけの空間で、やかんから紙コップに注《つ》がれたお茶をちびちびと飲みながら会話していた。

「これ、美味《おい》しいですね」

「でしょう？　チャイっていうんだけど。聞いたことない？」

ミルクティーのような飲み物だが、砂糖の甘みだけでなくスパイスのようなものが効いており味わい深い。

「それにしても高校生でインドか。こりゃあ将来が楽しみだ」

お互いについてザックリと自己紹介し合ったところだった。

まいさんは大学生で、バイトをしてお金が貯《た》まると旅に出るという生活を繰り返しているのだという。学校名を聞くと、誰もが知ってる名門私大だったので、カケルは尊敬の念を抱いた。

「授業出なくても大丈夫なんですか？」

「ぜんぜん大丈夫だよ。うちの学校、そういうの割とゆるいから。就職したら旅する時間なくなりそうだし、やりたいことは学生のうちにやっておかないと」

物怖《ものお》じせずにハッキリとものを言う。自由奔放を絵に描《か》いたような生き方が似合う、気っぷのいいお姉さんという印象だ。

「これがガンジス川……ですよね？」

「そう、こっちの人はガンガーっていうんだけど」

二人の目の前には大きな川が滔々《とうとう》と流れている。遠目からだと、流れはゆるやかそうで、水はいままさに飲んでいるチャイのような濁った色をして見える。

「向こう岸には何もないんですね」

カケルたちがいる岸辺に建物が所狭しとひしめき合っているのとは対照的に、川の対岸は更地になっている。

「あっち側は不浄の地だからね。人が住んではいけないんだってさ。この街は、ガンガーはね、特別なんだよ」

「聖地だって……聞きました」

「うん、聖地」

まいさんは首肯すると、ひょいと立ち上がった。

「そろそろ行こうか。おもしろい場所を紹介するから。修学旅行のレポートに書くネタになると思うよ」

まいさんに連れられてやってきたのは、川沿いから少し陸地に入ったところにある、大きな団地のようなところだった。

門をくぐると、敷地内には集合住宅風の建物が複数棟立ち並んでいる。植え込みには花々が植えられ、キレイに整備されていた。外の混沌《こんとん》とした町並みからは想像できない別世界ぶりで、楽園のようなところだなあとカケルは目をみひらいた。

「いたいた！　シャルマさーん」

知り合いを見つけたのか、まいさんは大きな声で呼びかけ、両手を高く振った。

広場の中央に堂々と立つ一本のガジュマル。枝にからみつくようにして細い蔓《つる》がにょろにょろと伸びている様が神々しい。その大木の下に、一人の老女が佇《たたず》んでいた。

「ナマステ、シャルマさん」

そう言って、まいさんが両手を合わせた。

「ナマステ」

こんにちは、という意味だろうか。

「この方はシャルマさん。インドのおばあちゃん」

もちろん、血の繋《つな》がった祖母という意味ではないだろう。

「カケルです。ええと、ナマステ？」

挨拶《あいさつ》は一番大事なのだと言っていたのはカケルの祖母だ。そんなことをふと思い出すうちに、シャルマというこの女性に、カケルはやさしかった祖母の面影を感じた。

「ここはね、死を待つ人の家」

まいさんが言った。

「えっ、いまなんて？」

「ま、詳しいことはあとで説明するから」

サラリと言う割には偉く刺激的な単語が飛び出したような気がしたが、ひとまずそれは置いておいて、カケルは二人についていく。

集合住宅風の建物は、多くのドアが開け放たれたままになっており、入口のあたりに椅子を置いて暇そうにしている人もチラホラ見かける。といっても大半は高齢者と思《おぼ》しき人たちだ。

「老人ホームみたいな感じ？」

先を歩くまいさんに小声で聞いてみる。

「本当はちょっと違うけど。似てるといえば、似ているかな」

すると、あいまいな回答が返ってきた。

「シャルマさんはね、ここで一人暮らししてるの。ご主人には先立たれて、息子さんがいるらしいんだけど、ほとんど顔を見せないんだって。仕事が忙しいからって……なんだか薄情だよね」

まいさんの話は、カケルが聞きたい核心部分を避けるような内容ばかりだった。死を……待つ？　とか言っていたが、そのことを繰り返し尋ねるのもなんだか憚《はばか》られた。

二人が案内されたのは、建物の一番奥にある部屋だった。シャルマさんが暮らしている部屋らしい。

手招きされ、中へ入ってみる。広くはないものの、老人の一人暮らしには十分といえるだけのスペースはある。小綺麗《こぎれい》に片付けられており、彼女の几帳面《きちょうめん》な性格が窺えた。

「もうすぐ友だちが来るからって」

まいさんが通訳してくれる。

「はい、ていうか……ここに」

何をしに来たんですか？　と聞こうとして、それもなんだか無粋かもなぁと思い直し、質問内容を変えた。

「……ここに、よく来るんですか？」

「三回目かな。静かでいいところでしょう？　今日はシャルマさんにご招待されてね」

と、ここまで喋《しゃべ》ったところで、カケルが何か言いたそうな顔をしていたのに気がついたのか、まいさんは付け足した。

「実を言うと、なんで呼ばれたのか私も分からないのよ」

つまり、用件不明でも気軽に遊びに訪れるほどの信頼関係を築いていると。どこで知り合って、どうやって仲良くなったのか、などなど根掘り葉掘り聞かずとも、なんとなく状況は理解した。

「危ない目に遭うとかは絶対ないから、安心して」

まいさんにそう言われて、ネットに書かれていた海外旅行の注意事項を思い出した。

——怪しい人には付いていかないように。

しかし、目の前の老女が怪しいかといえば、むしろ逆だ。出会ってからここまで、シャルマさんは終始ニコニコしている。人懐っこいおばあちゃんだなあと感じた。いい人オーラが漂いまくっている、とでも言えばいいか。

部屋に来てから十分ぐらい経っただろうか。大きな紙袋を手にした男性が現れた。見た目は五十歳前後。ちょうどシャルマさんの息子さんぐらいの年代だが、この施設の友人なのだという。

男性が紙袋から取り出したものを、テーブルの上に置いた。

それを目にして、アッと声を上げたのはまいさんだ。

それはケーキだった。真ん丸の、いわゆるホールケーキ。

「Happy Birthday May」

ケーキの上にはそんな文字が書かれていた。

ハッピー・バースデー・メイ……マイ？　まいさん？　微妙に綴《つづ》りが違う気もするが、それはまあ些細《ささい》なことだろう。

「………うそ」

まいさんは信じられないという顔をして目をみひらいている。

「もしかして……今日はまいさんの？」

「うん、誕生日」

まいさんの声が震えている。インドのおばあちゃんからのサプライズ・プレゼント。自分がもらったわけでもないのに、カケルは目頭が熱くなった。

「最初に会って年齢を聞かれたときにね、そういえば誕生日の話をしたのよ。もうすぐ二十歳になるって言ったら、それはいつなのかって」

何歳になったんですか、と無粋な質問をしなくて済んだ。自分よりも二つ年上のお姉さんが顔をくしゃくしゃにして喜んでいるのを見て、カケルは自分のことのようにうれしくなった。

カケルとまいさん、シャルマさん、彼女の友人の男性、計四人でケーキをかこみ、ハッピーバースデーの歌を唄《うた》った。日本人にもお馴染《なじ》みの曲だが、歌詞は英語だし、世界共通の歌なのかもしれない。

部屋の中は元々薄暗く、蠟燭《ろうそく》に火を灯《とも》すのに電灯を消す必要はなかった。唄い終わったタイミングで、まいさんが蠟燭の炎をフーッと消して、一同拍手喝采《かっさい》。

「インドではね、本当は誕生日の人がケーキを用意するんだって」

友人の男性がまいさんに色々と説明している。ほかにも文化の違いを感じたのは、シャルマさんがケーキの上のクリームを指で一掬《すく》いし、それをまいさんのおでこに擦《こす》り付けたこと。

「インドではお祝いのケーキを顔に塗るのよ」

いわゆる「顔面ケーキ」も割と定番の祝福方法だというから、インドの懐の深さに恐れ入る。

「なんだかビンディみたい」

鏡を見ながら、まいさんが顔をほころばせた。

インドの女性はおでこに赤い斑点《はんてん》のようなものを付けている。あれはビンディというそうで、ケーキのクリームが日本のように白ではなく、赤色だったこともあり確かに似て見える。

「サリーでしたっけ？　インドの女性が着ている服。まいさん、あれも似合いそうですよね」

カケルが冗談半分に口に出すと、日本語とはいえなんとなく意味は伝わったのか、シャルマさんが横槍《よこやり》を入れてきた。

「サリーを着るのは既婚者だけよ、ですって」

まいさんが通訳し始めて――なぜか途中で顔を赤らめた。シャルマさんはカケルの方を見てニヤニヤしている。

「……カケルくんと……ううん、なんでもない」

よく分からないが、シャルマさんが何か茶化すようなことを言ったのかもしれない。深掘りしないほうが良さそうな気がして、カケルは無理矢理話題を変えた。

「海外で誕生日を迎えるのもいいですね」

などと喋りながら、フト思い浮かんだのは彩世の顔だ。そういえば誕生日がいつなのかは聞いていなかった。

「そうだね……って、話しかけておいて、なんか遠い目をしてない？　ひょっとして彼女のことでも考えてた？」

　びっくりするぐらい鋭い指摘というか、あまりにも図星というか。お姉さんが名探偵すぎてカケルはタジタジになる。

「いえいえ、別に考えてないです」

「本当かなぁ……」

　まいさんは首をわずかに傾《かし》げ、目を眇《すが》めた。

　そんな二人のやりとりをシャルマさんは終始ニコニコしながら見守っていた。

＊

「起きて。そろそろ行くよ！」

　まいさんがドアをノックしたのは、まだ夜も明けきらない早朝だった。朝の沐浴《もくよく》を観に行こうと約束していたのだが、こんなにも早いとは聞いていない。

　ボーッとした頭のまま宿を出る。迷路のように入り組んだ路地を、まいさんに付いていくと、やがて川岸の広い空間に出た。そうして眠い目をこすっているうちに、それは始まった。

水平線の先から朝陽《あさひ》が顔を出したのが合図だった。日光を受けてキラキラと輝く聖なる川に、人々が我先にと体を浸していく。裸体の男たちの周りに水しぶきが舞い、原色のサリーを着た女性たちが一心不乱に祈りを捧《ささ》げる。異教徒の目から見ても美しい風景――。

「シャルマさんの施設、死を待つ人の家って言ったでしょう?」

まいさんが訥々《とつとつ》と話し始めたのは、まるで映画のワンシーンのような沐浴風景に見入っているときだった。

「ヒンドゥー教の人たちは、死んだらこの川に流してもらうのが最高の幸せなんだって。あそこ、煙が出ているの見える?」

まいさんが指差す方向に視線を送ると、確かに何かを焼いているのか煙がもくもくと立ち上っている。

「あそこがね、火葬場」

「………」

カケルは黙って頷く。

「死を待つ人っていうのは、つまりそういう意味。あそこはね、お迎えが来るまでの間、過ごすための施設なのよ」

ようやく回転し始めた頭で、まいさんの言葉の意味を考える。いわば、終活の地ということか。

「でも、シャルマさん元気そうだし、あんなに笑ってたし……」

思わず反駁《はんばく》してしまったが、そういう問題ではないことはカケルも理解している。

「うん、そんなところなのに、あんなにも素敵な誕生日会をしてくれて……私、本当にうれしかった」

シャルマさんの笑顔が思い浮かぶ。死期が近づいているなんてカケルには信じられない。

「ガンガーは還《かえ》る場所、なんだって。シャルマさんが言ってた」

還る場所──か。

二人が話し込んでいる間にも、続々と人々がやってきては、目の前の川へとジャブジャブ入っていく。気がついたら、太陽がだいぶ高いところまで上がってきていた。

＊

死を待つ人がいる一方で、逞《たくま》しく生き抜こうとする人たちもいる。バラナシは生と死が入り交じったカオスのようなところだった。

火葬場のすぐ近くの川原では、洗濯をしている女性たちがいたり。大勢の人たちが通り過ぎる路上で散髪をしていたり。

出会う人たちに共通していえるのは、人間味にあふれているということ。少なくとも、日本のように誰もがスマホの画面に夢中になっている、みたいな光景とは明らかに違う。カケルのような外国人観光客は、ここでは特別な存在である。といっても、本人としてはいい意味での特別感ではない。

「金づるとして見られてるよね」

まいさんが自虐的に評していたのが印象的だ。ぶらぶらと歩いているだけで、客引きやら物乞《ものご》いやらに次々に声をかけられるから、気が安まる暇がない。

前者に関しては、多少しつこくても断れば済む話なのだが、対応に困るのが後者だ。これまで十八年間生きてきて、面と向かってお金をくれと手を出された経験なんてない。

中でも困惑したのが、小さな子どもの物乞いたちだ。

まだ小学校にも入る前ぐらいの女の子がカケルの前に立ち塞がり、可愛《かわい》らしい手を差し出してきたときはショッキングだった。

どうすればいい？　と、まいさんに目で助けを求めた。

「あげてもいいし、あげなくてもいい。カケルくん次第よ」

そう言われると、余計悩ましい。我ながら、優柔不断だなぁと自嘲《じちょう》する。結局、十ルピーを渡して逃げるようにその場を立ち去った。

バラナシはお世辞にもキレイとは言えないような街だった。道端にはゴミが散乱しているし、場所によっては異臭も漂っている。物陰で用を足している男たちを目にしたりもした。

　ただ、人間とは慣れる生き物らしい。最初のうちこそ目を背けたりもしたが、滞在が長くなるうちに不思議と気にならなくなってくる。そのことはまいさんを見ているとよく分かる。

「半月ぐらいかな」

　バラナシに来てから彼女がどれぐらいになるのか質問したのだが、想像以上に長いことが判明した。

「半月ぐらい普通だよ。長い人はもっと長いし」

　なんでもないことのように言うので、そんなものなのかと納得しそうになったが——いやいや、半月は普通じゃない。

「本当はヨーロッパとかにも行きたいんだけど、お金がかかるでしょう？　なんだかんだいってインドは安いからねえ」

　物価の安さはカケルも実感していたが、だからといってこんな汚い街に長く滞在しているなんて、失礼ながら物好きにも思えてくる。

　なぜインドなのか？

　そこで、改めてその魅力をまいさんに聞いてみた。

「何もしなくても、毎日必ず何かが起きるところかな。こちらを放《ほう》っておいてくれないというか。うざったいと感じることもあるけど、寂しくはないよね。少なくとも退屈はしないし」

予定調和な旅にはならない、ということか。

いるだけで何かが起きる、というのは確かにそうだった。バラナシ滞在中は大小さまざまな事件が起きたのだ。

とくに衝撃的だったのがパンツ事件である。

泊まっている宿は屋上に共用の物干し竿《ざお》があって、カケルも洗濯物を干していた。世界一周のような長い旅になると、途中で着るものを洗わなければならない。

周囲でも一際高い建物の屋上なので、視界は開け、ガンジス川の悠々とした流れもパノラマで望むことができる。

「屋上からのこの景色が気に入って、泊まることにしたのよ」

まいさんもそう言っていたほどなのだが、洗った衣類を干し終わり、この自慢の眺望を前に一息ついているときに事件は起きた。

事件のあらましはシンプルである。

パンツを盗まれたのだ。犯人は猿だったのだ。

隣の建物の屋根の上に、見覚えのあるパンツが落ちていた。しかも、二枚も。そして、そのすぐ隣で、猿が不敵な面構えでこちらを見つめていた。ハッとなって物干し竿を確認すると、そこに干したはずのパンツが見事になくなっていた。

やられた——と状況を把握したときには後の祭り。

ちくしょうと猿を睨みつけると、相手はニヒヒと嘲笑《あざわら》った。そうしてカケルの目の前でパンツを手にとりヒラヒラさせた後、真っ赤なお尻をこちらに向けて——屋根から屋根へとひょいと飛び移って逃走してしまったのだ。

以上、冗談のようだが、本当にあった出来事である。

笑い話としては絶好の体験談になった一方で、下着が足りなくなるのは死活問題だった。

かくなるうえは、買い足すしかない。

「それはご愁傷様。バラナシは猿が多いからねえ」

まいさんに事情を話すと同情され、一緒に服屋を探してくれることになった。

たかがパンツとはいえ、売っている店を見つけるだけでも結構難儀した。日本ならコンビニでも買えるが、この街にはコンビニすらない。ユニクロみたいな気軽な服屋も期待できない。

街の人に聞き込みしながら、なんとか一軒の紳士服のお店に辿《たど》り着いたのだが、ここでさらなる問題が発生した。

なぜかブリーフタイプの下着しか売っていなかったのだ。

カケルはトランクス派である。インド人は穿《は》かないのだろうか。

とはいえ、まいさんに自分の下着の趣味を打ち明けるのも恥ずかしい。

「トランクスじゃないとダメなんです」

とはさすがに言えず、結局ブリーフで妥協したのだった。

＊

インドといえばカレーである。

旅に出る前のカケルは、勝手にそう想像していた。

――でも、それは単なるイメージで、実際にはカレー以外にも美味しいものが色々あるんじゃないかな。

一方で、そんな淡い期待も密かに抱いていた。何ら根拠はないのだけれど、そう信じたかったのが正直なところだ。

実際にインドに来てみてどうだったかというと――期待は見事に裏切られた。カケルが想像した以上にインド＝カレーだったのだ。

ローカルのインド人客で賑わうレストランへ行くと、大抵はカレーが出てくる。注文せずとも、ほぼ自動的にカレーが出てくる。メニューは基本一種類だからだ。選べるとしても量の大小ぐらい。

メインのカレーのほか、付け合わせの野菜やヨーグルトなどが付いて、主食のライスとチャパティという薄いパンがセットになっている。日本でいうところの日替わり定食のような感覚だ。ターリーというらしい。

辛い料理が元々好きなカケルだから、インドのカレーも違和感なく受け入れた。心から美味しいとも思った。

ところが、いくら美味しくても毎回同じ味だとさすがに飽きる。

「今日はチキン。昨日はフィッシュだっただろ」

行きつけのレストランのおやじに、大真面目な顔で違いを主張されたこともある。インド人からすれば、カレーであることは最早《もはや》当然であり、中に入っている具の種類さえ異なれば、それは別の料理として認識するのに十分のようだった。

「またカレーか……」

と悪態の一つもつきたくなるのは、異邦人だけというわけだ。

とはいえ、バラナシは世界中から人がやってくる観光地である。街中にはツーリスト向けのレストランもあって、カレー漬けの日々に辟易《へきえき》した外国人の駆け込み寺のようになっていた。

その日の夕食は、カケルはカレーを避けることにして、宿のすぐ近くのツーリストレストランでとっていた。頼んだのはチョウメンという、焼きそばのような麺《めん》料理だ。

まいさんが現れたのは、それをちょうど食べ終わり、コーラをぐびぐび飲んで喉《のど》を潤したときだった。

「いたいた！　カケルくん！」

血相を変え、ただならぬ雰囲気なのを見て、嫌な予感がした。

「シャルマさんが……シャルマさんが……亡くなったって」

一体何を言っているのだろうか、としばし黙考する。状況を理解するための数秒間が、何時間にも感じられた。

「死んじゃったのよ……今日の昼過ぎだって。施設に行ったら人が集まってて……みんな泣いてて」

心臓が早鐘を打つ。まいさんの誕生日を一緒に祝ったインドのおばあちゃんの、屈託のない笑顔が脳裏をよぎった。

＊

人間だけでなく犬や牛や猿などさまざまな生き物が行き交う狭い路地を、黄色い布で包まれ、鮮やかな花で飾られた担架が通り過ぎていく。霊柩車《れいきゅうしゃ》の代わりに、何人かの人間で神輿《みこし》を担ぐようにして人力で火葬場まで運ぶ。その担ぎ手としてカケルも参列していた。

「人手が足りないからお願いしたいって」

本来は親族が付き添うものらしいが、頼まれて断る理由はない。微力ながらも、カケルは快く引き受けたのだった。

「息子さんがいるって言ってたけど……？」

「あれはどうもね、ウソだったみたい。施設の人に聞いたの。親戚《しんせき》もいることはいるらしいんだけど、遠くに住んでいるって……」

向かう先は川沿いの火葬場だった。遠目から立ち上る煙を眺めてはいたものの、接近するのは初めてだ。

「なんて名前でしたっけ？　マニ……なんとかって？」

「マニカルニカーガート」

同行するまいさんに確認すると、すぐに答えが返ってきた。なんだか舌をかみそうな単語だが、これが火葬場の名前だという。

そこは聖地バラナシの中でも殊更《ことさら》近寄りがたいエリアだった。入口付近には薪《まき》が視界を遮るように堆《うずたか》く積まれていて、異彩を放っている。観光客も中へは入れるそうだが、異教徒が野次馬根性で訪れるにはいささか勇気がいるのは確かだ。

しかし、この日のカケルはれっきとした関係者である。担ぎ手の一人としてノーチェックで受け入れられた。薪代を無心されることも、怪しい自称ガイドに声をかけられることもなかった。

荼毘《だび》に付すための作業が始まると、カケルはまいさんと共に少し離れた場所から静かに見守った。積み上げた薪からぼわっと炎が舞い上がる。まるで映画を観ているかのようで、とても現実だとは思えなかった。

火葬が始まってから、どれぐらい経っただろうか。カケルが正気に戻ったのは、いよいよ遺灰を川に流す瞬間だった。

「インドの人ってお墓はないんですね」

言ってしまってから、久々に発した自分の台詞が妙に現実的な質問だったと気がつく。

「輪廻転生《りんねてんしょう》って知ってる？　簡単に言うと、死んだ後も別の生き物に生まれ変わるという考え方なんだけど……」

転生というワード自体はアニメやゲームでもしばしば登場する。死んでから異世界の勇者に生まれ変わって大冒険——みたいな筋書きは最早テンプレの一つといっていいだろう。

「生と死のサイクルがずっと続くことがつまりは輪廻で。ヒンドゥー教では輪廻がずっと続くのは良くないこととされていて」

語り始めたまいさんの口調もまた妙に冷静だった。

「遺灰をガンジス川に流すのはね、そうすることでこの輪廻のサイクルから解放されるから。解脱《げだつ》って言うんだって」

死生観について考えたことなどこれまでなかったが、まいさんの説明は分かりやすかった。何より、目の前でまさにその「解脱」が繰り広げられているわけで、リアリティを感じないわけがない。

川面《かわも》には黄色や橙《だいだい》色の花々が浮かんでいた。見送る側の人間として寂しさを覚えながらも、同時に美しいという感想も抱いた。

そういえばチェンマイでも川に流したのだ、とカケルは思い出した。あのとき流した灯《とう》籠《ろう》もキレイだった。流すものは違えど、カケルにとってはどちらも美しい光景だ。

＊

しんみりしたままインドの旅を終えようとしていた。ところが、最後にもう一波乱が待っていた。インドはどうも一筋縄ではいかない国らしい——。

朝の沐浴と並び、バラナシ観光における必須《ひっす》級の行事といえるのが川辺で毎夜行われる礼拝だ。

祭壇の上で司祭たちが燭台《しょくだい》を手に祈りを捧げる。大音量のアップテンポなＢＧＭと共に舞い踊るような仕草や、燭台から飛び散る火の粉が闇夜を照らす様に見惚《みと》れる。

さらに圧巻なのが、司祭たちがみな妙齢の男たちで、モデルと見紛《みまが》うようなハンサムであること。目鼻立ちが整い、体つきもいい。

「なんか、みんなイケメンですね……」

男のカケルからしても羨《うらや》ましくなるほどである。気のせいかもしれないが、まいさんの目が普段よりも輝いているようにも見えた。

とにかく、最後の夜を飾るにふさわしいこれぞ幻想的なショータイムだったのだが——プージャと呼ばれるその礼拝を最後まで見学して、宿へと帰る途中で——事件は起こった。

「色々あったけど、明日にはこの街ともお別れです」

まいさんと別れるのも寂しいなぁと思いつつ、そう切り出したときだった。話しかけた相手、つまり、まいさんに異変が起きた。

まいさんはなぜか立ち止まり、後ろを振り向いた。カケルの言葉が聞こえなかったかのような素振りに、ハテと首を傾げていると、次の瞬間、キレた——まいさんが。

「ちょっと！　おい待てって！」

人格が変わったかのような大きな怒声。

自分に向けられたものではないとは分かるが、カケルも思わずビクッとなった。その声の主は間違いなくまいさんだった。

咄嗟《とっさ》に口に出たから日本語だったのかもしれない。それでも、こういうときは言語なんて関係ないようだ。自分たちが呼ばれたと分かったのか、若い男たちが歩を止めてこちらへ向き直った。

「……」

思わず息を呑《の》む。何が起こったか分からずにいるカケルに、まいさんが耳打ちして状況を教えてくれた。

「……痴漢」

ぶるぶる震えながらも、顔が般若《はんにゃ》のようになっている。

向こうは見た感じ二十代の男が三人。先ほど見た司祭のイケメンぶりと比べると容姿端麗とはいえない。下卑《げび》た薄笑いを浮かべているが、凶悪犯というよりはイタズラを見つかった悪童のようだった。

男たちは顔を見合わせ、首を振ってみせる。なんのことか分からない、とでも言いたそうなジェスチャー。どうやら相手はしらばっくれるようだと理解した瞬間、キレた――今度はカケルが。

「おい、とぼけてんなよ」

無意識のうちに言葉が出ていた。その言葉はカケル自身も信じられないほど怒気を含んでいた。別にナイトを気取りたいわけでも、彼氏面したいわけでもない。純粋に、許せなかったのだ。

まいさんの前に出て、男たちを睨みつける。

「ユー、タッチ？　ゴートゥポリス、オーケー？」

思いついた単語を並べただけだが、それで十分だった。カケルの闘志に気圧《けお》されたのか、男たちは怯《ひる》んで見えた。目を泳がせながら、ヘラヘラしている。

「ゴートゥポリス、オーケー？」

声のトーンをさらに上げ、同じ台詞を繰り返し詰め寄った。

すると、男の一人が何かを言って、それを聞いた残りの二人が観念した表情になった。

「……ソーリー」

小声ながらも、ハッキリとした謝罪の一言を吐くと、男たちはその場から逃げるようにして立ち去ろうとする。反射的に追いかけようとしたら、まいさんがシャツの袖を引っ張った。

「もういいよ。ありがとう」

般若モードは終了し、いつもの優しいまいさんに戻っていた。男たちはあっという間に暗闇の中へ消えていく。

「私は大丈夫だから」

そう言うまいさんが、気恥ずかしそうな顔を浮かべているのを見て、カケルはハッと我に返った。

自分でも興奮しているのが分かる。怒りと恐怖がないまぜになった、これまでに体験したことのない種類の興奮だった。

＊

翌日は、昼過ぎに空港へ向かうことになっていた。

宿のチェックアウトを済ませ、いつものレストランで最後のカレーを味わっているときだった。

「あーいたいた。そろそろ出発だよね？」

最初、誰なのか分からなかった。高い位置で一つに結ぶほど長かった髪の毛がバッサリ短くなっている。

「へへへー。切っちゃったよ」

照れ隠しに頰《ほお》を掻《か》いたのは——まいさんだ。

「えっ……えええええ！」

意表をつかれ、カケルは奇声を上げる。

「そんなに驚かなくても……。昨晩のアレ、やっぱり悔しくて。むしゃくしゃしてね……なんて。いやさー、これぐらい短かったら、ああいう輩《やから》も寄ってこないかなーって思って」

「なるほど。別人のようでビックリしました」

痴漢に対する防御力という意味では、確かによりボーイッシュな髪形にするのは一つの手だろう。とはいえ、その思い切りの良さと行動力にカケルは感心させられた。

「そこはビックリじゃなくて、似合ってますよとか、お世辞でも言ってほしかったな」

鋭い指摘に、冷や汗が出る。でも、そのからかうような言いようから、まいさんらしい朗らかさが感じられ、内心ホッとした。

「似合ってます。いや、ホント、似合ってますって」

「なんだかなあ。でもね、昨日のカケルくん、かっこよかったよ」

改まって言われると、うれしいよりも恥ずかしい。

よくいえば勇敢だが、見方によっては無鉄砲にも思える。異国の地で、しかも夜。相手の方が人数も多かった。危険を顧みない、向こう見ずな行動だったかもしれない。

ともあれ、ああも熱くなるとは不思議だ。あの一瞬だけは、自分とは思えない自分が存在していた。ゲームでいえば、まるで覚醒《かくせい》したかのような手応えが確かにあった。

「そうそう、ちょっと思ったんだけど。カケルくん、これからトルコに行くんでしょう？」

「はい、イスタンブールに飛びます」

「ひげ、伸ばしてみない？」

「……ひげ？」

「うん、ひげ。中東を旅するなら、男の人はひげをはやしたほうがいいってよく聞くから。トルコってイスラム教の国でしょう。なんかね、ひげがないとホモと誤解されるんだって」

「マジっすか」

「うんマジ。まあ、そうでなくても、カケルくんってひょろっとしてて、見るからに優男だから。海外だとひげぐらいあった方が貫禄《かんろく》出そうだなって。余計なお節介かもしれないけど」

まいさんはカケルにとって頼れる旅の先輩だった。ひげを伸ばすなんて考えたこともなかったが、彼女に忠告されたなら、これはもう従うしかないとさえ思えてくる。

「分かりました。伸ばしてみます」

まいさんが髪を切った一方で、自分は逆にひげを伸ばす。それもなんだかおもしろい気がした。

「うんうん、旅の写真送ってね」

ビザが切れるまではインドに残るというまいさんと別れ、来たときと同様にリキシャーを拾った。

今度はしっかりと値段交渉をして十ルピーで手を打つ。同じ過ちは犯すまいと、ドルではなくルピーであることを念入りに確認したうえで乗り込んだ。

Ⅳ
属性

イスタンブール（トルコ）

オンラインゲームで最重要なのはアバター、つまり自身が動かすキャラクターの容姿である。たとえレベルが上限に達していたとしても、どんなに強力な装備品を手に入れたとしても、見た目が格好悪いとそれだけでやる気が失《う》せる。

ゲームの運営側もそのことは理解しているのだろう。キャラクターを着飾るためのお洒落《しゃれ》なアイテムを継続的に実装することに余念がない。それらは無論、有料であり、運営にとっては貴重な収益源になっていたりもする。

たとえば、腕につけるバングルが五百円、ターバン風の帽子が六百円、首に巻くマフラーが七百円で、それら三点をセットで買うと千五百円と少しお得になる、などというのはよくあるパターン。払うのはリアルマネーだが、得られるのはゲーム内のアイテムだ。

「所詮《しょせん》はデータでしょう？　そんなものにお金をかけるなんて……」

そんな風に、しばしば批判の対象になるまでがお約束といえる。興味のない人からすれば理解できないのだろう。

けれど、趣味なんてものは人それぞれだ。ある人にとってはゴミ同然だとしても、別の人にとっては価値あるものだったりする。そこには偏見や、あるいは誤解が存在しているわけだ。

これはゲームに限った話ではない。

「旅なんて、何が楽しいのか……」

世界一周に出る前のカケルは、旅に対してどこか冷めた目で接していた。修学旅行だから、と自分を納得させながら恐る恐る日本を出たのも正直なところだ。

ところが、タイ、インドと旅を続ける中で、徐々にではあるがその魅力に気がつき始めていた。

そうして、次にやってきたのがトルコ。

世界一周、三ヶ国目である。

――リアルの旅もまた、旅人の容姿が大事というわけか。

空港から乗ったバスの車内で、窓ガラスに映り込んだ自分の顔を見て、カケルは顎《あご》をさすった。そこには、心なしか精悍《せいかん》になった若者が映っていた。

インドでのまいさんの忠告に従い、あれからひげを剃《そ》っていない。たかがひげぐらいで……とみくびっていたが、少し伸ばしただけでこうも変わるものかと我ながら驚いた。

バラナシを後にしたカケルはデリーで飛行機を乗り継ぎ、トルコのイスタンブールへ飛んだ。カケルは最初、この街が首都なのだと思い込んでいたが、同国の首都はイスタンブールではなくアンカラである。旅をすると本当に社会科の勉強になる。

近年開港したばかりのイスタンブールの新空港はあちこちピカピカだったが、工事がまだ完全には終わっていないという。市内まではいずれ地下鉄で繋《つな》がる予定だが、開通はもう少し先になるそうで、仕方ないのでカケルはバスで向かうことにしたのだった。

ちなみに、そういった細かい情報をカケルがどのように知ることができたかというと、ネットである。検索すれば大抵のことは即座に分かる。旅に出たことで改めてスマホの偉大さを知った。

情報収集以外にも、スマホの使い道は多い。中でも連絡ツールとして大変重宝すると感じた。ある意味、ケータイ本来の使い方といってもいいが、リアルでの交流が乏しいカケルにとってそれは画期的な発見だった。

主な連絡相手は誰かというと――彩世だ。タイで別れたあとも、何度かメールでやり取りしていた。LINEもいちおう交換しているが、彩世はメールのほうがいいと言う。

「旅行中にスマホばかり見るのもねぇ。すぐに確認して返事しなきゃ、みたいになると、正直ちょっと過剰かなーって。既読が付く付かないとか気にするのも嫌だしさー」

だから、メールのようなゆるい頻度でやり取りできる手段のほうが心地いいのだという。なるほど、と納得はした。人付き合いの苦手なカケルからすればすんなり理解できる主張だった。けれど一方で、社交的な彩世にしてはいささか後ろ向きな思考であることが意外に感じられた。

「たまには文通も良くない？」

何が「たまには」なのか分からないが、異存はない。

カケルはインドで見聞きしたことを綴《つづ》って彩世にメールを送っていた。バラナシがいかに汚くて、それでいて美しい街だったか。死を待つ人の家で出会ったおばあちゃんの話なども報告した。

書いているうちにやや誇張気味になってしまったが、それも女子の前で格好つけたいという高校生男子ならではの心境の表れだ。

まいさんのことには、あえて触れなかった。別に隠すつもりはないが、なんとなく言わないほうがいい気がした。これもまた高校生男子ならではの――以下省略。

翻って、彩世から届いた返事によると、彼女はドバイへ行き、砂漠でラクダに乗ったのだという。添えられた写真に写っていたラクダ引きの男が妙にイケメンなのが気になったが、お互い世界を旅し続けていると思うと、仲間意識が湧《わ》いてきたのだった。

空港からのバスが到着したのはイスタンブールの旧市街、スルタンアフメット地区だった。

「するたんあ……あふ……めっと？」

舌を噛《か》みそうな名前だなぁ、と思いながらカケルは荷物を持ってバスを降りた。

地図で確認すると、宿までは少し距離がありそうだった。

——ガマンできないかも。

トイレに行きたかった。状況は切迫していた。バスの乗車時間は一時間以上と思いのほか長く、そのせいで限界が近づいてきていた。空港で寄っておけば良かった——悔やんでも後の祭りだ。

建物が立ち並ぶ通りの先に、緑豊かな公園のような敷地が見えた。行ってみると、入口付近にそれらしき東屋《あずまや》が見つかった。あれこそは見るからにトイレである。

「ああ良かった、助かった……」

ホッと胸をなで下ろす。ところが、早足で東屋の中へ駆け込もうとして——入口にいる男に遮られた。

男が机の上を指差して何かを言った。見ると、硬貨が並べられていた。なるほど、有料ということか。日本ではトイレにお金を払う習慣はないが、ここは外国だ。

一秒でも早く中へ入りたいのを堪《こら》え、財布を開く。

中を見て、絶句した。

空港で両替したばかりだが、考えたらお札しかもらっていなかったのだ。それも百リラや二百リラといった高額紙幣ばかり。一リラが十九円ぐらいだから、百リラだと千九百円にもなる。いくらなんでもトイレのチップにしては高すぎる。お釣りをもらうにも非常識なほど高額であることはカケルにも想像できた。

「細かいお金がないんです」

持っている紙幣を見せて訴えた。

しかし、男は口を真一文字に結び、首を縦に振ろうとしない。頑《かたく》なな態度を見て、カケルは目の前が真っ白になった。

これは詰んだ。おしまい。ゲームオーバー。

ところが、神さまというのはいるらしい。

助け船を出してくれたのは、後からやって来たオジサンだった。入口で立ち往生している憐《あわ》れな旅行者に同情してくれたのか、カケルの代わりに払ってくれたのだ。

お礼を言い、そのオジサンと横に並んで用を済ませる。

「ニホンジンデスカ？」

すると日本語で質問されたので、カケルはギョッとした。そうです、と答えると、オジサンはニッコリ微笑《ほほえ》んだ。

トイレを出て、立ち話をする。オジサンはその昔日本に住んで仕事をしていたことがあり、そのお陰で日本語も少しだけ喋《しゃべ》れるらしい。現在は近くで絨毯《じゅうたん》屋さんを経営しており、さらにはその二階で最近旅行者向けに宿も始めたばかりという。驚愕《きょうがく》したのはその宿の名前だ。なんとカケルがこれから泊まる予定の宿だったのだ。

「ニホンのドコ？　ワタシ、オオサカにいた」

なるほど、イントネーションがどことなく関西風なのも納得だ。

オジサンは話し好きなのか、聞いてもいないのに自分のことをベラベラ喋った。それに相づちをうちながら一緒に歩いて行く。結果的にオジサンに連れられる形で、宿に辿《たど》り着いたのだった。

「コウコウセイ？　うちのドーターとおなじね」

宿帳に記入しながらも、オジサンは喋るのを中断しない。

「コウコウセイは高校生か。ドーターは……娘さん？」

「そうそう、ジェイケイイね」

言い放ち、ニヤッと口角を上げた。オジサンなりの、渾身《こんしん》のギャグなのかもしれない。

ジェイケイイなんて言葉よく知っているなあと、カケルが感心させられていると、ギーッと音を立てて後方のドアが開いた。現れたのは、なんと噂《うわさ》のジェイケイイ当人だった。狙《ねら》い澄ましたかのようなこのタイミングでの登場である。

「コンニチハ。ニホンゴが聞こえたので……」

目が合った瞬間、カケルはドキリとした。

クッキリとした二重まぶたに、高い鼻。可愛《かわい》いよりも、美人という表現のほうが似合うかもしれない。カケルには同じ高校生とは思えないほど大人びて見えた。

「ヤスミンです。トルコのジェイケイです」

自らジェイケイです、などと名乗るのもおかしいが、大真面目《おおまじめ》な顔をして言うので、カケルはむしろチャーミングな印象を受けた。無論、別にふざけている雰囲気ではない。日本人ではないと細かい言葉のニュアンスまでは分からないのだろう。

「はじめまして。にしなかけるです。十八歳、高校三年生です。ニッポンの東京から来ました」

つられて自分も妙に真面目に自己紹介してしまう。

「ニシナ……カケル？」

「ああ、下の名前でカケルって読んでくれていいよ」

「ハイ！　カケルさん……よろしくね」

明るく受け答えするヤスミンと再び目が合う。頭にスカーフのような布を巻いているのが気になった。

「これはヒジャブ。イスラムの女、これ被《かぶ》ります」

カケルの視線に気がついたのか、ヤスミンが恥ずかしそうに俯《うつむ》いた。スカーフの隙間《すきま》から綺麗《きれい》な黒髪がわずかに覗《のぞ》いて見える。

テレビなどで観《み》たことがある。そうか、あの布はヒジャブというのか。カケルはイスラム教の国へやってきた実感が湧いてきたのだった。

宿泊費の支払いを済ませると、オジサンは一階の絨毯屋に店番をしに戻った。あとは若い者どうしで――とでも言いたげな雰囲気にたじろいでいると、ヤスミンが宿の中を案内してくれた。

ちなみに宿の名前は、サクランボ・ペンションという。

「サクランボって日本語だよね？」

「はい、お父さんが日本にいるときに食べたサクランボがたいへん美味《おい》しかったとかで。トルコにもサクランボがあるんですよ」

親日的な宿と聞いて選んだのだが、それも筋金入りのようだ。

その宿は、節約したい旅人がリーズナブルな値段に惹《ひ》かれやってくるようなところだった。ペンションというだけあって、ホテルとは一味違った、家庭的な雰囲気が味わえるのも魅力といえる。

部屋は狭く、調度品などもお世辞にも豪華とは言えないが、不思議と居心地がいい。綺麗に清掃されていそうなところも好印象だ。

「ワタシ、掃除する。部屋、キレイでしょう？」

ヤスミンが胸を張った。彼女は学校が終わると、こうして家業を手伝っているのだという。

部屋には小さいながらもベランダが付いていて、外に出ると目の前に尖塔《せんとう》がそびえ立つ様が望めた。大きなドーム型の屋根を持つ建物はイスラム教のモスクなのだとか。

「あれはスルタンアフメット・ジャーミィ」

出た、するたんナントカ――ヤスミンの説明を聞いて身構える。例の舌を噛みそうな名前だ。

「外国の人には言いにくいですよね？　本当はスルタンアフメット・ジャーミィだけど、みんなブルーモスクって呼んでます」

良かった、ブルーモスクなら覚えられる。

オスマン帝国時代に建造されたもので、世界一美しいモスクなのだという。イスタンブール旧市街におけるランドマーク的存在であり、このブルーモスクのちょうど真裏辺りに宿は位置している。観光するには最高の立地といえそうだった。

「中もぜひ入ってみてください。すごく美しいですよ」

ヤスミンに強く勧められ、カケルは興味を持った。歩いて五分もかからない距離なので、さっそく行ってみることにした。

ブルーモスクの入口は緑豊かな公園の中にあった。噴水を取り囲むベンチで寛《くつろ》ぐ人々の前を通り、フルーツジュースを売る屋台に気をとられたりしながら歩を進める。公園内は植物が丁寧に手入れされており、人々の憩いの場という雰囲気。

嬉《うれ》しいことに、モスクの入場料は無料だった。観光地とはいえ、いまなお数多くの信者が集まる、現役の宗教施設である。

モスクといっても、そのスケールの大きさから、城塞《じょうさい》のような印象をカケルは抱いていた。これがゲーム世界ならば、砂漠の王国のお城として出てきそうなビジュアルである。

ところが靴を脱いで内部へ入ると、外観の重厚さからは想像できないほど華麗な空間が広がっていてカケルは圧倒された。

ドーム状の天井部分が青色の太いサークルで囲まれており、壁面には超が付くほど緻密《ちみつ》な模様が描き込まれている。手を伸ばせば届きそうな高さにまで、巨大な円形のシャンデリアのような照明が垂れ下がっているのも見事だ。

「このモスクが建てられたのは一六一六年でして……」

呆《ほう》けるように首を倒して見上げ続けていると、聞き慣れた言葉が聞こえてきた。

――日本語？

振り向くと、日本人の団体ツアー客の集団がいた。喋っているのはガイドさんだろうか。

盗み聞きするつもりはないが、声が大きいので自然と耳に入ってくる。

「……小さな窓が全部で二百六十もあるんです。窓のステンドグラスから差し込む太陽が青色の光になって、ドーム内を照らします。それで、ブルーモスクと呼ばれるようになったんですね」

ふむふむ、と心の中で頷《うなず》き、小さく独り言をつぶやく。

「修学旅行らしくなってきたなぁ」

学校の社会科の授業は退屈で、舟を漕《こ》ぐのも常である。

ところが、旅をしながら現地で学ぶとスンナリ腑《ふ》に落ちる。その場に身を置くことで得られる臨場感は桁違《けたちが》いであり、知識欲が刺激され、ここぞとばかり吸収しようと貪欲《どんよく》になるのだった。

＊

イスタンブールの滞在は、修学旅行生であるカケルにとって実りの大きなものだった。

歴史ある旧市街は街自体が博物館のようで、ブラブラしているだけでも異国情緒に浸れる。

カケルはタイやインドのとき以上に、精力的に観光して歩いた。

宿の娘ヤスミンと知り合えたのも大きな出来事だった。彼女はカケルより一つ年下、十七歳の高校生だ。歳《とし》が近いこともあって、すぐに打ち解けた。

仕事が暇なときには、カケルは彼女に日本語を教えてあげた。

「なんで日本語を勉強しているの？」

あるとき、そんな質問をしたことがある。

「ニホンにいきたいからデス」

「へえそうなんだ、でも、なんで行きたいの？」

重ねてそう問うと、ヤスミンはしばし口をつぐみ、考える素振りを見せた。しまった、立ち入りすぎたのかもしれない。カケルが反省していると、彼女は突如話を変えた。

「カケルさん、デートしませんか？」

「えっ？」

なんだかとんでもないことを言われたような……。

「デートです。明日は学校も仕事も休みなので、一緒にお出かけしませんか？」

イスタンブールにはまだ数日は滞在する予定で、明日はとくに予定はない。といっても、元々観光ぐらいしかすることはないわけで、カケルに断る理由はなかった。

「……街を案内してもらえるとうれしいな」

「はい、まかせてください！」

デートなどと言われると身構えてしまうが、要は言い方の問題であろう。観光意欲もちょうど盛り上がっているところだったし、ガイドしてもらえるなら好都合だ。

＊

待ち合わせ場所に先に着き、相手が現れるのを待つ時間。どちらからやって来るだろうか？　右か左か正面か？　はたまた背後から「待った？」などと脅かすように声をかけてきたりして。そんなあれこれを妄想しながら、自撮りモードにしたスマホを鏡代わりにして、髪形が乱れていないかをチェックする。ついでに通知の有無も確認。「遅れる」というメッセージなどは来ていないし、そろそろ姿を見せるかもしれない――ああ、ドキドキするっ！

以上、脳内で再生された淡い物語。

初デートと聞いて思い浮かぶカケルのイメージである。

「我ながらキモいなぁ……」

自戒の念に駆られる。観光案内してもらうだけだから、などと誰にともなく言い訳しつつも、心待ちにしていたのは正直なところだ。

しかし、現実はイメージとはかけ離れていた。

そもそも待ち合わせなんてする必要はない。同じ屋根の下に暮らしているのだ。いや、そう言うと語弊があるか。

「ソロソロ行きますか？」

ロビーでお茶を飲みながら寛いでいると、ヤスミンが呼びに現れた。いつものヤスミンだ。拍子抜けするほど通常運転。服装も普段着ているものと大差なさそうだし、髪形は相変わらずヒジャブという頭巾《ずきん》で隠れていて見えない。

一方でカケルはというと、この日は手持ちの服の中で一番お気に入りのものを着ていた。旅行中の身だから服のバリエーションは限られているのだが、自分なりに勝負服で決めてみたわけだ。

「やっぱりキモいなあ……」

ヤスミンに聞こえないように小さな声で自嘲《じちょう》する。

宿を出て歩きながら、カケルはいい機会とばかりついでに聞いてみた。

「学校は制服とかないの？」

「制服？　ないデス。日本のジェイケイは制服、カワイイ。うらやましいデス」

日本の高校生の制服姿をネットで見て、憧《あこが》れていたという。

「カケルさんも着てる？　制服」

「うちの学校は私服。あー私服って分からないか。つまり、制服がないってことなんだけど」

「えーもったいないです。日本の制服、カワイイのに……」

「いや、うちの学校、男子校だから。男、オンリーだから。その、女子……ジェイケイはいないんだ」

「男だけの学校なのデスネ」

ヤスミンは納得したようだった。戒律の厳しいイスラムの国だから、学校が男女別々なことも違和感はないのかもしれない。

考えたら日本の高校生が着ているあの制服は、世界的に見ると実は結構独特で、ある意味、民族衣装のようなものだ。

「中学までは制服も着てたんだけどね。学ランを……って、学ランもさすがに分からないか」

カケルは昔を懐かしんだ。中学生時代は制服の存在が恨めしかった。なぜ、みんなで揃《そろ》って同じ服を着なければいけないのか。他人に束縛されたり、強制されるのが嫌なタイプなのだ。

いまの高校を選んだのは自由な校風に惹かれたからだ。なにせ、修学旅行で世界一周できるぐらいである。

だから、入学した当初は制服を着なくていいことに歓喜したのだが――。

開放感に包まれたのは最初のうちだけだった。毎朝、着ていく服を選ぶというのも、それはそれで大変である。ファッションに興味のないカケルにとっては苦痛ですらあった。

「制服があるほうが、楽チンだったなぁ」

一年生の一学期が終わる頃には、そんな矛盾するようなことを思ったりもした。私服通学もいいことばかりではないのだ。

それに、こうして外国の人に制服を褒められると、改めてあれはあれでいいものなのだなぁという気がしてくる。


そんなわけで始まった初デート。

まずやってきたのがグランド・バザールだった。

「バザール」という単語は日本では商店街や百貨店の大売り出しなどで使われるが、トルコでは「市場」のことをそう呼ぶらしい。「グランド」は大きいという意味だから、グランド・バザールとはそのまま訳すと、すなわち大きな市場となる。

どれぐらい大きいかというと、ヤスミンの説明が分かりやすい。

「お店の数は全部で四千以上もあります」

「よ、よんせん！」

想像していたよりも桁が一つ多い。市場の中へ足を踏み入れてみると、途方もない大きさを実感させられる。入り組んだ迷路のような空間を埋め尽くす無数のお店。あまりに広大すぎて、歩けども歩けども、なかなか出口には辿り着かない。

個人商店のようなところが多いのか、それぞれのお店はこぢんまりとした印象も受ける。

特徴的なのは、商品のジャンルごとに出店エリアが固まっていることだ。革製品を売る店が集まった一角や、貴金属店ばかりが林立している通りなど、見事に分類されている。

市場といっても、扱うのは肉や野菜のような生鮮品ではなく、衣類や雑貨、工芸品などがメイン。お土産物を並べる、いかにも観光客相手といった感じの店も多い。

中でも目を引くのは絨毯を売る店だ。商品サイズが大きいから存在感があるし、カケルのような異邦人の目にはエキゾチックで絵になる光景として映る。

「そういえば、宿の一階、絨毯屋さんだよね。お父さんのお店」

「はい、カケルさんもカーペット欲しいデスカ？　買うならワタシからお父さんに安くしてってお願いしますので」

さすがは商人の娘、と感心させられるが、丁重にお断りする。

「いや、絨毯は……いいかな」

「お父さんに言うと高いです。ボッタクリ？　買うならヤスミンに言ってくださいね」

冗談なのか本気なのかが分からないが、言い回しがおかしくて吹き出しそうになってしまった。でも、あいにく買うつもりはない。持って帰るの大変だし。

グランド・バザールは歴史ある市場だけに、どのお店も売る人の面構えからして手強そうだ。商売慣れしていそう、とでもいうか。

「ミルダケ、タダヨ〜」

カケルが通りかかると、日本語で客引きされたりもした。タダほど怖いものはない。そんな風に言われると、むしろ見る気が失せてしまう。

「なんで日本人って分かるんだろう？　中国人や韓国人かもしれないのに……」

「服装で分かります。日本人は色が地味デス」

ヤスミンの指摘を受けて、我が身を観察する。薄水色のボタンダウンのオックスフォードシャツに、下は濃い目のデニム――確かに地味かもしれない。少なくとも、派手な恰好《かっこう》ではないだろう。

買い物には興味がないから、基本的にウィンドーショッピングのつもりでいたのだが、見ているうちに気になったものがあった。

「……目玉？」

綺麗な青色のガラスに、目玉が描《か》き込まれたアクセサリー。大小さまざまで、商品としてはストラップやキーホルダーとして売られている。ファンタジー系のゲームでアイテムとして実装されていそうなデザインで、オタクの物欲が刺激された。

「これはナザールボンジュウです。災いから大切なものを守ってくれると信じられています」

なるほど、お守りや魔除《まよ》けの一種というわけか。それを知ったら、ますます欲しくなってしまった。ヤスミンにも相談しながら、カバンに取り付けられそうな手頃なサイズのストラップを一つ購入した。

「ハイ、とっても似合いますよ」

お世辞と分かっていても、褒められると満更でもないのだった。

＊

歩き疲れたからと、昼食がてら休憩することになった。

——買い物をして食事か。なんだか本当にデートみたいだなぁ。

カケルは鼻の下を伸ばしながらヤスミンの後に付いていく。連れてこられたのは、路地裏にある小さなレストランだった。

「ピデのお店デス。とっても美味しいの」

ピデ？　どんな料理だろうか。

イスタンブールに来てから、カケルなりにトルコ料理にはトライしていた。総じて外れがない、という感想で、実はこの国のご飯は大いに気に入っていたのが正直なところだ。

とくに回転する肉塊を切り落として食べるケバブなどは、育ち盛りの高校生であるカケル好みの一品だ。近頃は東京でも専門店が増えていて、カケルも何度か食べたことがあったが、やはり本場のケバブはありがたみが違う。

そのことをカケルが話すと、ヤスミンは誇らしげな顔になった。

「トルコ料理は、世界三大料理の一つなのデス」

「三大料理？」

「はい、そうです。メッチャ美味しいんですよ」

「メッチャ」の部分に力を込めて言い放つヤスミンがおかしい。そんな言葉、どこで覚えたのだろうか。

ちなみに三大料理の残り二つは、中華料理とフランス料理らしい。中華はカケルも好物だ。フランス料理は高級なイメージがあってそれほど縁はないが、実はトルコの後はフランスに飛ぶ予定なので、改めてフランスでの楽しみが増えた。

そんな話をしていると、ウェイターが料理を運んできた。注文内容はヤスミンにおまかせなので、何が出てくるのか分からない。果たしてピデとはどんなものなのか――。

「あれ？　これって……ピザ？」

「ピデです。ピデ」

「でも……」

それはどう見てもピザだった。小麦を練った生地にチーズやミンチなどの具を乗せて焼いたもの。店の奥にはかまどらしきものも見える。その脇にいる店の人が持っている長い棒はきっと、かまどにピザを入れるための道具だろう。

ピザとの相違点としては、シルエットが円形ではなく、楕円形《だえんけい》をしていること。生地の両端が折り込まれており、まるで小舟のような造形。食べやすいように切れ目が入っているが、等間隔に斜めに切られているのもなんだか洒落て見える。

「焼きたてが美味しいんですよ」

急《せ》かされるようにしてピザ、もといピデを一切れ手に取り、頬張《ほおば》ってみる——自然と笑みがこぼれた。これは美味しい。

ケバブのように香辛料が効いているということもなく、見た目通りの素直な味。ますますピザにしか思えなくなる。

普通の丸いピザだと扇形に切るが、生地が薄いと手に持ったときに先端部分がびろんと垂れ下がって食べにくいこともある。翻ってピデのこの形ならそんな心配も無用だ。そう考えると、ピザの弱点を克服した改良版とも言えそうだ。

あまりの美味しさに一心不乱に食べてしまったが、考えたら仮にもデート中の身である。ハッとなって、向かいの席のヤスミンを見たら、妙にニコニコしながカケルのことを観察していた。

「なんか、うれしそうだね？」

「はい、カケルさん、メッチャ美味しそうに食べるので。見ていて幸せな気持ちになります。たくさん食べる人、素敵デス」

食い気に駆られ、がっつきすぎた自分に気恥ずかしさを覚える。

「でも本当……めっちゃ美味しかったよ」

「よかった！　メッチャうれしいです」

破顔したヤスミンもまた愛嬌《あいきよう》がある。一歳下の異国の少女の笑顔がまぶしくて、カケルは直視できなかった。

＊

たくさん食べる人は素敵だとヤスミンは言ったが、それが別にお世辞などではなく、本心であることをカケルは理解することになった。その後も彼女はことあるごとに、食べ物の店に立ち寄るのだ。

「この店も美味しいデス」

「トルコに来たらこれも食べないと」

「次は、何が食べたいですか？」

気がついたら旅番組の食べ歩き企画のようになってきていた。

ちなみに、ヤスミン自身も驚くほどよく食べる。というより、ほとんど底なしといっていい。それでいて別に太っているわけでもなく、むしろほっそりとしているから恐ろしくなるほどだ。

イスタンブール市内には路面電車なども走っているが、旧市街だけなら徒歩でも見て回れる。腹ごなしをするためにも、二人はほぼ歩きだけで観光スポットを巡った。

元は教会だったがモスクに変えられた歴史を持つアヤソフィアや、かつてのオスマン朝の居城だったトプカプ宮殿など、イスタンブールの主要な観光地を制覇する勢いで見て回った。

歩いて観光して食べ、歩いて観光して食べる。

下り坂の向こうに海が見えたのは、疲労がたまり、そろそろ足が棒のようになってきた頃だった。対岸にも町並みが望め、長い橋が架けられている。

「あれはガラタ橋。橋の向こうが新市街デス」

岸壁に近寄ると、釣り人で賑《にぎ》わっていた。横にバケツを置き、黙って糸を海に垂らしている。また、フリーマーケットでもやっているのか、地面に布を広げて古着などを並べている人々の姿も目についた。ベイエリアならではともいえそうなマッタリした空気が漂っており、一息つきたくなるような心地よさが感じられる。

「良かった、まだやってました。サバサンドのお店」

また食べるのか――啞然《あぜん》とするが、同時にヤスミンが口にした料理名が気になった。

「サバサンド? なにそれ?」

「トルコ語だとバルック・エキメッキって言います。日本語だとサバサンド。サバはお魚のサバですね」

なるほど、要するに鯖《さば》のサンドイッチということか。

それは大変ユニークなお店だった。テイクアウト専門なのだが、店舗には建物がない。かといって屋台でもない。

港に接岸した小舟——その上で調理をし、販売しているのだ。

キッチン・カーならぬ、キッチン・シップあるいはキッチン・ボートとでも呼ぶべきか。

「橋の下にもレストランがたくさんあるの見えますよね? あれは全部サバサンドが食べられるお店。でも、昔からあるのは、こういう船のサバサンド屋さんデス」

船の中からは煙がモクモク上がっている。大きな鉄板の上で無数の魚の切り身が焼かれていた。見るからにダイナミックな調理風景に圧倒されていると、ヤスミンがサバサンドを買ってきてくれた。

ハーフサイズのバゲットに、焼き魚のほか、レタスや玉ねぎ、トマトが挟んである。

「レモンをかけると、メッチャ美味しいです」

ボトル入りのレモン汁が用意されていたので、それをヤスミンに倣《なら》ってドバドバかけた。

はぐっと頬張ると、焼きたての香ばしさと、野菜のみずみずしさが絶妙にマッチしており一口で虜《とりこ》になった。具だけでなく、パンそのものがサクッとした食感で、小麦の風味が感じられるのもいい。

——ナニコレ、メッチャうまいんですけど。

食べる前は「もうおなかいっぱいだし……」などと思っていたのに、自分でも呆れるほど速攻で完食。「おいしい！」を連発していたら、ヤスミンが心底嬉しそうな顔をしてくれたので、期待に応《こた》えられて良かったとカケルは達成感に浸ったのだった。

＊

「船に乗りませんか？」

と、ヤスミンに誘われたのは、サバサンドを平らげておなかをさすっているときだった。すぐ近くから観光用の船が出ていて、ショートクルーズが楽しめるのだという。

「船旅かぁ、いいね。ぜひ乗りたいな」

カケルは二つ返事でオーケーした。

ガラタ橋周辺には、大小さまざまな船が停泊している。中には超大型の豪華客船なんかも見かけたが、同じクルーズでもカケルたちが乗るのは中型の船だった。

驚いたのは料金が随分と安かったこと。一人、十五リラである。二百八十円ぐらい。これはサバサンドの値段とそう変わらない。もちろん、格安だからといってボロいというわけでもない。

この船に限らず、トルコの物価の安さにカケルは羨《うらや》ましさを感じていた。

「住みやすそうな国だなぁ」

フト、この街に住む自分を妄想する。実に単純な思考である。

もっとも、日本円に換算して比較するからそう感じるだけのことだ。物価というものは国によって違う。そんな当たり前のことを、旅を通じてカケルは身をもって知った。

乗船し、甲板に出てみると、小学生ぐらいの子どもたちの集団と出くわした。引率する先生らしき大人が付いており、学校の社会科見学のような雰囲気。

賑やかで楽しそうだなぁと思っていると、こちらに気がついた子どもたちが駆け寄ってきて、あれよあれよという間にカケルは取り囲まれた。

「田舎から学校の旅行で来ているそうデス。日本人がめずらしいみたい」

隣でヤスミンが通訳してくれる。ふむふむ、ノリとしては「あっ、外国人だ！」みたいな感じだろうか。目をキラキラと輝かせ、好奇心剝《む》き出しといった雰囲気。

この子たちもカケルと同じ修学旅行生と聞いて、親近感が湧いてきた。せっかくなのでみんなで記念写真をパチリと撮った。

トルコの人は大人も子どももみんな本当に人懐っこくて、接していて朗らかな気持ちになる。

「ホント、住みやすそうだなぁ」

再び、そんなことを想像してしまう。

西日が傾き始める中、カケルたちの乗る船が静かに出港した。

およそ一時間半の船旅である。

船は陸地と陸地の狭間《はざま》の水路のようなところを航行していく。海上からでも町並みが綺麗に望めるほど陸地までの距離は近い。

グーグルマップで確認すると、目の前の海は「金閣湾《きんかくわん》」と書いてある。地図の縮尺を小さくして引いてみると、海は湾の南北に細長く運河のように続いており、北が黒海、南はマルマラ海を経てエーゲ海へと流れている。この運河のような地形のところが、ボスポラス海峡なのだという。

海峡を挟んで東側がアジア、西側がヨーロッパとして区分されている。イスタンブールは東洋と西洋の架け橋となる街だ。

カケルはここまでの旅路を回想した。日本を出て、アジアから順に西へと旅してヨーロッパの入口まで辿り着いた。

「あぁ、世界一周しているんだなぁ」

いまさらながらに実感が湧いてくる。

柄にもなくロマンティックな気持ちになったのは、船旅が醸し出す旅情のせいだろうか。

やがて迎えた日没の瞬間——。

沈まんとする太陽が、雲一つない空を茜色《あかね》に染め上げていく。街が暗闇《くらやみ》に包まれると、モスクの玉ねぎ形の屋根と、ミナレットと呼ばれる塔がその輪郭を影絵のように浮かび上がらせる。

ひたすらに美しくて、狂おしいほど愛《いと》おしい、夕陽《ゆうひ》の絶景。それに見惚《みと》れているときだった。

「カケルさん、お話がありマス」

その声は少し震えていた。

「……えっ、うん」

振り向くとヤスミンがいつになく真剣な目をしていた。

「ケッコンしてくれませんか?」

聞き間違えただろうか。

ついさっき「船に乗りませんか?」と言われたのを思い出した。同じような言い回しだが、事の重大さは異なる。

「………」

ケッコンって、結婚だよね——でも、そんな、まさか。

聞き返そうとしたが、顔を真っ赤にしているヤスミンを見て思いとどまった。きっと勇気を振り絞って口にしたはずで、二度も言わせるような台詞《せりふ》ではない。

だから、カケルは代わりに質問をしてみた。

「なんで俺と？　その……ケッコン……なの？」

「カケルさんとケッコンして、日本に住みたいの」

つまり、「好きだから」ではなく、「日本に住みたいから」結婚したいということだろうか。随分とハッキリ言うのだが、そのお陰でカケルはかえって冷静さを保てていた。

「トルコは好き。でも、実はチョットつかれる。日本へ行けば、もっと自由になれそうだから」

ヤスミンはうつむき、一呼吸置いて続けた。

「だって結婚相手も、お父さんが決めるのよ」

トイレで助けてくれた、オジサンの髭面《ひげづら》を思い浮かべた。カケルには優しく接してくれるが、娘に対しては厳しい面もあるのだろう。

西洋化も進んでいるとはいえ、トルコはイスラム教の国である。日本人の感覚からすると、信じられないような決まり事もあって、ときにはそれが窮屈に感じられることも想像できる。

ああしなさい、こうしなさいと強制されたり。

それはしてはだめ、と束縛されたり。

自由への渇望からいまの高校を選んだカケルからすると、ヤスミンの気持ちには共感できるし、同情もできる。

けれど、だからといって結婚できるかというと、それはまた別の問題だ。我が国の法律では、男は十八歳から結婚できると定められており、カケル自身は年齢的な条件はクリアしているが、そういうことでもない。

ヤスミンとは気が合うし、トルコも居心地がいいから、一緒にいたら毎日美味しいものを食べまくったりして、それはそれで幸せな家庭を築けそうにも思える。

唐突なプロポーズ。ありがたい申し出だけれど——。

「ごめんなさい」

真摯《しんし》に向き合うのなら、いまのカケルにはそう答えるほかない。

「結婚はできません」

「……ハイ」

てへ、とヤスミンはおどけてみせた。涙を浮かべたり、女々しく縋《すが》ってくることもない。

それを見て、強い子だなと、カケルは思った。

相手がほかの子だったら、こうもハッキリとお断りできなかっただろう。曖昧《あいまい》な返事ではなく、ノーならノーときちんと告げるのが礼儀だと感じたのは、ヤスミンだからだ。

「でも、いつか必ず日本には行きますから」

ヤスミンが無念そうにつぶやく。その一言でこの話は終わりとなった。

船が戻ってくる頃には、すっかり日が沈み、街は夜の部へと移行していた。橋がライトアップされ、光で水面《みなも》が揺らめいている。心なしか、出港前よりもカップルの姿が増えたような気がした。

＊

地響きのような唸《うな》り声で目を覚ました。音の発信源は、すぐ近くのブルーモスクだ。夜明け前に行われる、イスラム教の礼拝への呼びかけで、アザーンというらしい。イスタンブールに来てからは毎朝、この音が目覚まし代わりになっている。

鳥のさえずりではなく、スピーカーから流れる大音量の叫び声。チュンチュンではなく、ア〜ア〜ア〜で起きる日々。

最初のうちこそ戸惑いもあったものの、慣れてくると、これはこれで異国情緒があっていいかもしれない、と思い直した。旅行していると、不思議とポジティブ思考になる。

トルコ最後の朝だった。

この日はもう飛行機でフランスへ移動することになっていた。

ヤスミンとの関係はその後も良好で、ぎくしゃくすることもなかった。顔を合わせたら気まずいなぁ……などと思っていたのはカケルだけで、彼女はまるで何もなかったかのような自然な態度で接してくれた。

気持ちの切り替えが早いタイプなのだろうか。ならいいのだけれど、実際には彼女なりに強がっている部分もありそうだ。

宿の業務で接客しているヤスミンを観察して、気がついたことがある。それは、この仕事が彼女にとっては酷な部分もあるのではないか、ということ。世界各国からやってくる旅行者と日常的に触れ合っているがゆえに、自分が置かれた境遇と比較してしまう。

「自由に旅行ができていいな」

仮に自分が同じ立場だったら、きっとそんな風に羨んでしまう。

けれど、少なくともお客さんの前では、ヤスミンはそういった憂いのようなものは一切見せない。そんな彼女を、同世代の人間としてリスペクトする気持ちがますます強くなった。

チェックアウトに応対してくれたのもヤスミンだった。

「フランスでも美味しいものたくさん食べられるといいデスネ」

結局最後まで食べ物の話か——と苦笑したが、それもまた彼女らしいといえばらしい。

「そうだ。カケルさん、これ記念にどうぞ」

ヤスミンに手渡されたのは、ポストカードだった。バザールで売られていた絨毯で見たような草花の模様が描かれた美しい一枚。

「これなら持って行けますよね？　本物の絨毯はまた今度でいいので買いに来てください」

そういえばデートの際にも絨毯を買わないか、と彼女に売り込みされたのだ。冗談だろうと思っていたが、案外本気だったと知り、カケルは感心させられた。ゆくゆくは家業を継ぐのだろうか。ヤスミンなら商売が成功しそうな予感もする。

「ありがとう。また絶対来るよ」

イスラム教の女性相手に握手をするのもなんだか憚《はばか》られたので、代わりに深々とお辞儀をし、入口のドアを開けた。

歩き始めてすぐに、またしてもトイレへ行っておくのを忘れたことに気がつく。同じ過ちを繰り返す自分の愚かさが恨めしい。

バス停に着くと、ちょうど空港行きのバスが出るところだったので、急ぎ駆け寄って飛び乗った。

V
デバフ

パリ（フランス）

知らない国へ着いたときに、迎えがいるのは心強い。しかし、いざ到着してみて、その相手が見つからなかったとしたら――。

「……うーん、どこにもいないな」

パリのシャルル・ド・ゴール空港に着いたカケルは困惑していた。スマホを取り出し、保存してあったメモを確認する。

――到着ロビーを出たところで待っているそうです。仁科くんの名前を掲げているので探してみてください。念のために彼女の携帯番号も伝えておきますね。06-〇〇〇〇-××××

名前を書いたボードを掲げる人は何人かいるが、書かれている名前にカケルらしきものはなかった。もっとも、そういうボードを手にしているのはツアー会社や、ホテルの送迎係のような人が大半だ。

「やっぱりいないな……」

迎えがいるからと気楽な気持ちでいたから、かえって心細さが助長される。

カケルが通う高校は、英語のほかに第二外国語の授業があって必修科目となっていた。ドイツ語や中国語など、いくつか種類があって選択制なのだが、カケルはフランス語を履修している。

実はパリでは、そのフランス語の授業を受け持つ先生の実家にお世話になる予定なのだ。いわゆるホームステイというやつである。

修学旅行の世界一周でパリに立ち寄ると言うと、先生は実家の住所を教えてくれた。

「だったら、うちに泊まっていけば？」

まるで友だちのような気さくな感じで誘われたので、「それならぜひ」とお願いしたのがここまでの経緯だ。

空港へは先生の妹さんが迎えに来てくれることになっていた。

初対面である。携帯番号のほかには、いちおう名前は教えてもらっていて、メモには「ＥＭＭＡ」と書いてあった。エマ？

先生の年齢は知らないが――というより聞けないが――、恐らく二十代後半とか、せいぜい三十ぐらい。ということは、その妹さんとなると、なんとなく年齢の想像はついた。

しかし、到着ロビーを見回しても、それらしき女性はいない。

仕方ない、電話をかけてみようか――探すのをあきらめ、スマホを取り出したときだった。

「ムッシュー・ニシナ？」

声をかけられた。

「……ウイ」

イエスの意味のフランス語で肯定しながら、目の前の女性が想像していた人物像と大きく異なることに内心戸惑った。

「………」

――若い。

大人の女性というよりも学生といった感じ。それもカケルと同じ、高校生ぐらいに見える。髪の毛は頭の低い位置で結んだツインテール。顔には赤いフレームの眼鏡。

「よかったぁ。空港来るの久しぶりで迷っちゃって。あ、わたし、エマです。お姉ちゃんがいつもお世話になってます」

さらに意外だったのが、流暢《りゅうちょう》な日本語が返ってきたこと。

「はじめまして。ニシナカケルです」

挨拶《あいさつ》しながら、カケルこそ良かったぁと安堵《あんど》していた。

授業でフランス語を習っているとはいえ、ネイティブ相手に会話できるレベルかというと決してそんなこともなく。日本語が通じるのはありがたいのが正直なところだ。

外にクルマを待たせているというので、付いていく。運転手は初老の女性で、エマの母親かと思ったが違うという。

「ママンはほとんど家にいないから」

だとしたら、この女性とはどんなご関係かしら？　ひょっとしてお抱え運転手？　疑問を抱えながら家に到着すると、その佇《たたず》まいを見てさらなる驚きに包まれた。

一言でいえば――大きい。それも、途轍《とてつ》もなく。

塀に囲まれた敷地内には、広々とした庭があってスプリンクラーが水を撒《ま》いている。建物は外壁が細かく装飾されていたりして、重厚感が漂う。「豪邸」なんてレベルじゃない。まるで「宮殿」のよう。

「おおきなお家ですね」

お世辞などではなく、心から圧倒されて漏らした感想だった。

「そうかしら？　とにかく上がって。ムッシュー・ニシナのお部屋はあの角の、いまちょうど窓が開いているところです。軽く掃除はさせておいたけど……」

掃除をしたではなく、させておいた、という言い方が引っかかる。

そうこうするうちに、運転手の女性がカケルのスーツケースを持って家に入っていくのが見えた。

「ああ、彼女はアンナ。身の回りの世話をしてもらっているの」

まずはお茶でもしましょうと誘われ、庭に面したテーブル席につく。すると、アンナが今度は紅茶とお菓子を持ってきてくれた。つまりは、彼女はメイドさんのような存在なのだろう。

それにしても、先生の実家が、こんなにブルジョワだとは知らなかった。

「お姉ちゃんは元気ですか？」

「ええ、とても元気ですよ」

初対面ならではの当たり障りのない会話なのは、先生の教え子と妹という、いささか不思議な関係性からで、お互いにまだ距離を測り合っているような感じがあった。

「ムッシュー・ニシナは何年生ですか？」

「三年です。エマさんは？」

「わたしは四年生」

「……えっ、四年生？」

日本とフランスでは教育制度が違うそうで、小学生が計五年と日本より一年短く、そのぶん中学生が計四年と一年多くなっている。高校は日本同様、三年だ。

「ということは……もしかして中学四年生？」

「はい、そういうことになりますね」

空港で会ってからずっと驚かされてばかりだが、これが最大の衝撃だった。想像したよりも若いとは思ったが、若いなんてもんじゃない。まさか中学生だったとは——。

「いま十五歳で、もうすぐ十六歳になります」

「……」

動揺を悟られないよう、紅茶を一口飲み、お菓子にフォークを入れる。

出してくれたのはモンブランだった。日本だと黄色いクリームをぐるぐる渦巻きにしているイメージがあるが、これはクリームが茶色い。しぼり方も螺旋《らせん》状ではなく、十字に重ねるような形になっていたりと、微妙な違いがある。

パクッと食べてみて、あまりの甘さにのけぞりそうになった。しかし一方で、嫌な種類の甘さではなかった。クリームが濃厚で口溶けもよい。コンビニなんかで売られているモンブランとは比べるのも烏滸《おこ》がましいほど、上品な一品。

「おいしいです」

「良かった。アンジェリーナっていう、パリで昔から有名なケーキ屋さんのモンブランなんですよ。材料がマロンクリームと生クリームと、あとはメレンゲだけとシンプルで」

目を輝かせながら語り始めたエマを前にして、カケルは微笑《ほほえ》ましい気持ちになった。自分が好きなものを褒められて、うれしさのあまり必要以上に張りきって解説してしまう。まるで典型的なオタク的行動のようだなぁと——ってアレ？

「そのストラップ、もしかして……」

エマがカバンに付けていた、小さなストラップが気になった。二刀流の剣士がバッタバッタと敵をなぎ倒していく、ゲーム原作の某人気アニメ作品。そのキャラクターのストラップだった。

「ああこれ、最近ハマってて。ムッシュー・ニシナも好きですか？」

「うん、原作のゲームは結構やり込んだかな。アニメはオリジナルのシナリオも入れつつ、うまく映像化されていたなぁって感想」

こういう話はカケルが最も得意とするところである。

「おおっ、そうなんです！」

エマの目の輝きが、モンブランを褒められたときよりもさらに増した。

「バトルシーンも見応《みごた》えがあるけど、ストーリーの展開的には王道のハーレムものですよね。カワイイ女の子と次々と知り合って、でも主人公はおかしいぐらい鈍感で。結局、正妻の子が美味《おい》しいところを全部持っていく、みたいな」

カケルのことを同好の士と見たのか、エマは作品に対する思いの丈を語り始めた。

「もちろん円盤も買いました。グローバル版まで待てなくて、日本版にしましたよ。特典目当てというのもあるんですけど。お姉ちゃんに日本から送ってもらって。二期の制作も決まったみたいで、本当に超楽しみです！」

もはやオタク的行動に似ているどころか、オタクそのものである。

カケルはうんうん頷《うなず》きながら、モンブランを平らげ、紅茶を全部飲み干した。それでも話は終わらず、アンナが二度も紅茶のお代わりを持ってきてくれたほどだった。

こうしてパリでの不思議な同居生活が始まったのだ。

＊

エマと一緒に暮らしてみて、分かったことは二つある。

まず、彼女の家が超が付くほどのお金持ちであるということ。

両親はご存命だが、世界中を飛び回っており、家に帰ることは滅多にないという。いったいどんなお仕事をしているのか。気にはなるものの、問い質《ただ》すのも失礼な気がして、あえて聞いていない。

そしてもう一つ、エマは極度のアニオタ、つまりアニメオタクであるということ。

フランスに来て、まさかアニメ談義に花を咲かせることになるとは夢にも思わなかった。

カケル自身もアニメは人並み以上にはチェックしているから大抵の話題には付いていける。

しかし、彼女の知識は日本人のカケルも顔負けなほどなのだ。

日本のアニメが海外でも注目されていることはカケルも知っていた。クールジャパンという言葉もよく耳にする。

聞くと、ここパリではとくに根強い人気を誇るそうだ。さすがは芸術の都だなぁ、とカケルは感心させられた。

「凱旋門《がいせんもん》の近くに日本のマンガを集めた店があるぐらいですよ」

パリの凱旋門は、放射状に広がるこの街の中心に位置する。本来の意味とは違うがそれはそれで〝アンテナ〟ショップとでもいうか、つまりは日本のコンテンツがそれぐらい市民権を得た存在と言いたいのだろう。

会話だけでは飽き足らず、しばしば一緒にアニメの上映会を行ったりもした。それは、同居しているお陰で可能な芸当ともいえた。

「エモいなぁ……ほんとエモいわ」

アニメを観ながら、エマが逐一感想をつぶやく。エモいなんて言葉よく知っている。まるで実況ツイートを追っているような状態で、しかも喜怒哀楽がハッキリしているから、横で聞いていると一人で視聴するよりも臨場感が増す。

一度観始めたら、おもしろくて切り上げることができなくなったりもした。

「あと一話だけ……」

を繰り返しながら、とあるテレビアニメ作品を、ワンクールぶん初回から最終回まで完走した挙げ句に、続編となる劇場版まで通しで一気観したときにはさすがにやりすぎたなぁと反省もした。

アニメの話になるとエマは人が変わった。単なる趣味の域を通り越して、ほとんど生き甲斐《がい》とまで言っても良さそうなほどの熱の入れようなのだ。

彼女が日本語がペラペラなのもアニメの影響である。フランス語の字幕がない作品を見続けているうちに、自然と覚えたという。

トルコで出会ったヤスミンも日本語は上手だったが、発音の正確さなどはエマのほうがさらに上をゆく。独学でこれだけ喋《しゃべ》れるなんて驚愕《きょうがく》である。

「学校を卒業したら、お姉ちゃんみたいに日本に行くつもりなんです」

ある日のこと、エマは将来の夢を教えてくれた。

「フランス語の先生になるの？」

「ノン。声優になりたいの」

真顔でそう語る彼女がまぶしく見えた。金髪のフランス人声優なんて珍しいし、デビューしたら人気が出そうだ。

すっかりアニメ漬けの日々になってしまったが、それでもカケルは日中は外出してパリ市内を散策していた。世界一周もフランスでもう四ヶ国目となり、異国の地をそぞろ歩く楽しみにも目覚めつつあった。

凱旋門やエッフェル塔、ルーヴル美術館といった世界に名高い観光地は一通り見て回った。しかし、カケルにとってはそれら有名スポットよりも、なんでもない街の風景のほうが興味深かった。

人々がどういった暮らしをしているのか。通りの様子を観察しながら、気ままに歩を進める。パリの住民、すなわちパリジャンになったつもりで街と向き合う日々が刺激的だった。

パリは「花の都」と称されるが、実際に歩いてみると案外汚れているなぁという感想も持った。通りにもよるが、何台ものクルマが路上駐車していたり、タバコがあちこちにポイ捨てされていたり。

自分の中で抱いていたイメージと、実際の風景には少なからず相違点がある。それは、旅をしてその地に足を踏み入れたからこそ分かることなのだと、カケルはしみじみ実感していた。

パリの滞在にもだいぶ慣れてきたある晩のこと。

いつものように、超大型の４Ｋテレビでアニメ鑑賞会をしていると、エマが思い出したように言った。

「そうだ、ムッシュー・ニシナは今度の日曜は空いてますか？」

「とくに用事はないよ」

「良かった、そしたらお祭りに行きませんか？」

「お祭り？」

「ウイ。ジャパン・フェスティバルです」

カケルは初耳だったが、ヨーロッパでは名の知られたイベントのようだった。ググってみると、日本の文化を紹介する総合展示会と書いてあり、主催者には日本大使館も名を連ねている。なるほど、クールジャパンを世界に発信するための催し物というわけだ。

けれど、エマの説明はちょっと違った。

「コミケのフランス版です」

コミケとは、いわゆるコミックマーケットのことかしら——。

どういうことだろうかと訝《いぶか》ったが、行ってみて納得した。会場内は二次元のキャラクターで埋め尽くされていたのだ。アニメ作品の展示のほか、ステージでは日本から来仏したアニソン・アーティストのライブなども行われている。

「確かにコミケって感じだね」

会場内は独特の熱気に包まれていた。名目上は日本文化全般を扱うイベントながら、実態としてはアニメやゲームといったポップカルチャー目当ての来場者が大半のようだった。

コスプレイヤーの姿が多いのも、いかにもオタクイベントという感じだ。衣装のクオリティは恐ろしく高いし、扮するキャラが最新の作品のものだったりして、フランスのオタクたちが流行にしっかりキャッチアップしていることにも驚かされる。

そして何より、それを身にまとう素材、すなわちモデルさん自身が大変絵になる。スタイルがいいし、元々金髪だし、カラコンなんてせずとも目の色も多彩だ。最早《もはや》、反則といってもいいレベル。

数多くの人がコスプレを楽しんでいるだけに、特別にカワイイ子だったり、目のやり場に困るほどセクシーだったり、キャラにものすごく似ている子だったりと、さまざまな人がいるわけだが、中でも一際人目を引いていたのが一人の少女だった。

それは誰かというと——。

「……さっきからジロジロ見られているような」

——そう、カケルの同行者である。

「本当ですか！　コスプレするの初めてなんで、ドキドキしてました。全然注目されなかったら悲しいですしね」

エマがなりきっているのは、例のカバンに付けたストラップの剣士が出てくるアニメの、ヒロインキャラだ。作中のキャラ自体がツインテールなのもあり、これが意外と似合っている。いや、意外ではないのかもしれない。

エマは普段家でアニメを観ているときなんかは、すっぴんに眼鏡だし、着ているものもジャージとかラフな感じである。そもそも年下、しかも中学生だからカケルもあまり意識しないようにしていたのだが、冷静に観察してみるとエマは美人だ。

同じコスプレでも美女がしたほうがやはり映える。

衣装はもとより、剣などの小物もかなり凝っていた。

「これ、作るの大変だったでしょう？」

「ふふふ、アンナにも手伝ってもらったんですよ」

その口ぶりからして、手伝わせたというよりも、ほとんど彼女に作らせたのではないかという疑惑も湧《わ》くが。

「写真を撮らせて欲しい」

と、声をかけられたのは、会場の隅で休憩していたときだった。無論、被写体はカケルではなくエマだ。

大きな一眼レフを首にかけたオッサンだった。いい歳《とし》して……と鼻白むが、撮りたくなる気持ちは分かる。

エマは作中のキャラの動きをその場で再現する形でポーズを決めた。初めてのコスプレといいつつ、結構様になっている。こうなることを見越して、あらかじめ練習をしていたのだろうか。

バシバシバシと豪快なシャッター音を鳴らしながら、一通り写真を撮ると、オッサンは「メルシー」とお礼を言って立ち去った。

ひとたび撮影会が始まると、追随する者が現れるのもこの手のイベントのお約束だ。

次々とエマを撮りたいという人が現れ、そのうち順番待ちの列までできた。中には日本人もいて、フランス語が喋れないのか——エマが日本語を話せるのは知らないのだろう——、恥ずかしいのか知らないが、エマ本人ではなく隣に付き添うカケルに伝達を頼んでくる。

「ADMのポーズをしてくれませんか？」

「ADM？」

何のことだろうかと首を傾《かし》げたが、エマにはそれだけで伝わったらしい。剣を大きく振り上げて、ぐるっと一回転、二回転……三回転して跳躍、そして着地した瞬間に宙をなぎ払った。

その決定的な瞬間を逃すまいと、日本人男がカメラを向け、パシャリと撮る。よほど満足いく写真が撮れたのか、涙を流しそうな勢いで何度も頭を下げてお礼を述べたのが印象的だ。

「ADMってなに？」

男がいなくなったところで、さりげなくエマに聞いてみた。

「知らないんですか？　アブソリュート・ディザスター・メイルシュトローム。略してADMですよ」

まるで知っていて当然と言わんばかり。そう言われると、そんな技もあったような……

でも、ＡＤＭなんて略し方はカケルも知らなかった。

中二病？　いやはや、痛いなぁと苦笑する。でも、考えたら彼女は正真正銘の中学生ではある。四年生だけど。

ジャパン・フェスティバルと銘打つだけあって、会場内のフードコーナーには日本らしいメニューが揃《そろ》っていた。

カケルにとっては、久しぶりの日本食である。カレーや天丼、たこ焼きなど、懐かしいラインナップに歓喜した。

どれにしようか思案した挙げ句、選んだのはラーメンだ。醤油《しょうゆ》味のシンプルな一杯。けれど、これが人生で一番のラーメンではないかと思えるほどうまい。

ここまで旅してきて、幸いにも食事で苦労した記憶はない。初めて口にするようなものも多かったが、なんて美味しい料理なのだろう、と感激してばかりだった。

しかし、一方では祖国の味に飢えていたことも自覚する。

「日本のご飯は本当に美味しいですね」

うどんをちゅるちゅる食べながら、エマが白い歯を見せた。

＊

彩世からメールが届いたのはその夜、帰宅してからだった。

現在イタリアにいるそうで、ベネチアでゴンドラに乗ったときの写真が添付されていた。船頭の男が妙に若くてイケメンなのが気になったが、無事に旅を続けていることにまずはホッとする。

イタリアといえば、フランスの隣国である。メールには、近いうちに国際列車でフランスに移動すると書いてあった。そうか、列車で行けるぐらいの距離まで近づいているのか。

「カケルくんはまだパリですか？　もしまだフランスにいるなら、会えるとうれしいです」

綴《つづ》られたメッセージを見て、カケルは口元が緩んだ。遂にそのときが来たのだなぁと感慨に浸る。

タイで別れて以来、彩世とは文通する仲になっていた。インド、トルコと旅を続けながら、何度かメールをやり取りするうちに、会いたい気持ちが強くなってきていた。

お互い、世界一周中の身である。

──いつかまた、どこかで会えるかな。

密《ひそ》かに期待し、その日が来ることを想像していたのだ。

そして、その日がとうとうやってくる──。

気持ちが顔に出るタイプらしい。

「あれえ、ムッシュー・ニシナ、何かいいことがありました?」

リビングに行くと、見事にエマに突っ込まれた。

「いや、なんでもないよ」

否定しながらも、顔のにやつきがおさえられない。

「隠さなくたって。バレバレですよ。女でしょう?」

「……ぎく」

ズバリ、核心を突かれ狼狽《うろた》える。女の勘は鋭いとは聞いていたけれど、どうやらそれも本当のようだ。

「実は……」

観念して事情を話す気になったのは、相手がエマだからだ。同居生活を続けるうちにすっかり打ち解け、気心の知れた間柄となっていた。異性ではあるが、恋愛対象というよりは妹のような存在である。少なくともカケルはそんな風に思っていた。

「ふむふむ、つまり彼女さんがもうすぐパリに来ると?」

「いや、彼女とは言ってないけど……」

「彼女ではないなら何ですか? 相方?」

「付き合っているわけではない、と思う。でも、単なる友だちとも違うような……。ていうか、相方なんて日本語よく知っているね」

「うーん、まどろっこしいです」

まどろっこしい、なんて表現も本当にどこで覚えたのだろう。でもまあ、ご指摘はごもっともだ。年下の女の子に突っ込まれると、自分の不甲斐《ふがい》なさが恨めしくなってくる。

「そうだ、お出迎えするなら、何か贈り物を用意しましょうよ」

「贈り物？」

「ウイ、彼女さんもほかの国から来るのなら、何か手土産を持ってくるかもしれませんよ。その場合、自分だけ手ぶらだったらカッコ悪いですし」

「たしかに」

なんて、気が利くのだろう。カケルは頭が下がる思いだった。しかも、贈り物探しを手伝ってくれるという。自分だけなら何を買っていいか分からないから、本当に助かる。

ありがたや、ありがたや。お言葉に甘えることにしたのだった。

ジャパン・フェスティバルでは密かに収穫もあった。

カケルがプレイしているオンラインゲームのメーカーが、企業ブースを出していたのだ。グローバルで展開するタイトルであり、フランスでも根強い人気を集めているようだった。

普通のゲームと違って、ＭＭＯＲＰＧは中毒性が高い。「ネトゲ廃人」などという言葉が生まれるぐらいで、社会問題化もしている。

まだ高校生のカケルは流石《さすが》にそこまでではないものの、日本にいるときはほとんど毎日のようにログインしていた。大げさかもしれないが、第二の故郷といってもいいほどにゲーム世界に愛着を覚えていたのは事実だ。

一つの同じ世界を何千、何万というプレイヤーで共有するから、没入感が半端ない。仮想空間とはいえ、長時間プレイするうちにやがてそこが日常の一部になっていく。

ところが、旅に出てからはすっかりご無沙汰《ぶさた》していたので、フェスティバルの会場で偶然目にして郷愁に駆られたのだ。

そのブースの展示で知ったのだが、ゲームの新しいサービスとして「ブラウザ版」が最近開始されたのだという。ＰＣやゲーム機といったハードウェアがなくても、インターネットのブラウザさえあればゲームがプレイできるのだという。

詳しい仕組みはよく分からないが、クラウドゲーム技術を使用しており、端末の種類は選ばないそうだ。一定以上の回線速度さえ保てれば、スマホやタブレットでも十分に動くというからテクノロジーの進化に驚かされた。

「これはひょっとして神サービスなのでは？」

カケルは歓喜した。スマホだけでプレイできるということは、旅行中でもゲーム内にログインできることを意味する。

もっとも、旅行中ぐらいゲームは封印して、現実世界と向き合うべきという意見もあるだろう。カケルもこれまではそう自分に言い聞かせ、ゲーム断ちしてきたのだが――。

きっかけは、エマと一緒に暮らしたことだった。彼女の影響でアニメ漬けの日々を送るうちに、自分の中のオタク心に再び火がつき始めてしまったのだ。

ゲームそのものの魅力に加えて、仮想世界にいる大切なフレンドと久々に話したい欲求が抑えられなくなったのも大きい。この旅の発案者である彼と、リアルで会うことが旅の最終目的でもある。ヨーロッパまで来たから、約束の地ニューヨークまであと少しだ。

試しに一度だけインしてみて、いなかったらすぐにログアウトしよう。

自分の心に固く誓い、ブラウザを立ち上げる。パスワードを入力すると、見慣れた自分のアバターと、懐かしい景色が画面に表示された。

メニューを開き、フレンド欄をチェックしてみる――。

すると――いた！

ステータスがオンラインになっているのを確認した刹那《せつな》、間髪入れずにチャットのメッセージが届いた。

［おひさ～］

送り主はまさに会いたかった相手、ＢＯＢだった。ログインしたことがフレンドに通知される仕組みだから、向こうもカケルに気がついたのだろう。
［ボンジュール］
しばらくぶりで照れてしまい、冗談っぽくあえてフランス語で挨拶を送り返す。
［おおっ、おフランスかー。だいぶ近くまで来たね］
［うん。スマホでログインなう。これすごい］
［そうかブラウザ版か。運営ＧＪだな］
［うんうん］
ＧＪとは、もちろんグッジョブのことだ。
それからＢＯＢと積もる話に花を咲かせた。タイ、インド、トルコ、フランスと旅も長くなってきたから、話すことは山ほどある。
それにしても、コイツとはなぜか妙に気が合うんだよなぁ、とカケルは改めて思った。
画面越しのチャットとはいえ、すぐそこにＢＯＢがいるかのような親近感を覚えるのだ。
結局、だらだらとチャットをしただけで落ちた。インしてもモンスターを狩りに行くこともなく、ひたすら会話するだけ、なんてことはこれまでも二人の間ではよくあることだった。
いつも通りの流れ。
いつもと違うのは、カケルがいるのが日本ではなくフランス、しかも世界一周中であることだ。

「そういえば、パリでイベントに出展するって運営のお知らせに書いてあったな」

「ああ、それね。実はまさにさっき行ってきたところ」

「そうなのか！　ちょっと検索してみるわ……ってもう記事が出てるよ」

それは、なんと仕事が早い。ゲーム系のニュースサイトに今日のイベント・レポートがアップされているらしい。

「フランス人のコスプレ、レベル高いねえ」

「コスプレの写真まで上がっているの？」

「とくにこのツインテールの子。必殺技のポーズが最高。再現度ハンパないね。顔もかわいいし」

ツインテール、必殺技……なんだか心当たりがある。カケルはドキリとした。まさかと思い、後で記事を確認してみたのだが——。

案の定、そのまさかだった。記事には見知った顔の女の子が掲載されていた。例のADMのポーズで。

しかも、よく見ると、エマの背後にはカケルまで写り込んでいたから、あちゃぁと頭を抱えた。そうか、あのときの日本人の男は記者だったのか。だったら一言、そう言ってくれればいいのに。

まあでも、あくまでも背景に少し写り込んだだけだ。その他大勢の一人、モブのような存在である。これがカケル本人だとは、ＢＯＢも気がついてはいないだろう。

「しかしかわいいねえ、この子」

よほど気に入ったのか、ＢＯＢは繰り返しエマのことを褒めていた。後でエマ本人にも記事のことを教えてあげようと、カケルはＵＲＬをブックマークしたのだった。

＊

そして、彩世との再会の日――。

待ち合わせした時間まで、エマに付き合ってもらうことになった。彩世へのプレゼントを買うのが目的である。

「贈り物といっても、どんなものがいいかサッパリで……」

「まかせてください」

と力強く宣言し、彼女がカケルを連れていったのはシテ島だ。パリ中心部を流れるセーヌ川。シテ島はその中州に位置する小さな島で、有名なノートルダム大聖堂などもここにある。

中州といっても、対岸からは橋で繋《つな》がっており、歩いて渡ることができる。

歴史ある石造りのアーチ橋から川を見下ろすと、ちょうど一艘《そう》の船が通過していくところだった。船といっても、台形のような形をしており両サイドはガラス張り。まるで宇宙船のようなデザインだ。

「あれは遊覧船ですね。セーヌ川のクルーズ、最高ですよ。今度乗ってみますか？　あっそうか、でも彼女さんと一緒のほうがいいですよね。デートにぴったりだと思いますよ」

「だから彼女じゃないって……」

否定はしながらも、彩世と二人でリバー・クルーズする様を想像すると、カケルは心が浮きたった。

エマが案内してくれたのは植物園のようなところだった。アーケードの中にお店が何軒も立ち並んでおり、軒先には色とりどりの花々や観葉植物などが陳列されていた。

「パリで一番有名なお花の市場です」

なるほど、ここにあるお店はいずれもお花屋さんということか。

「もしかして、お花をプレゼントするってこと？」

「ウイ、贈り物の定番ですけど」

「………」

カケルは言葉を詰まらせた。正直なところ、想像していたのとは違ったからだ。何かフランスらしい雑貨とか、小物とか、そういうちょっとしたものをイメージしていた。

あえてお土産感が漂うものでもいい。とにかく、もらった相手が気を遣わずに済みそうなもの。現在のカケルと彩世の関係性において、渡しても不自然ではないもの。

翻って、お花となると、どうだろう。

女の子にお花をプレゼントするなんて、カケルにとっては勇気がいる行動だ。人生で初の経験だし、自分の柄ではない。仮にこれがゲームならば、かなり高難易度なクエストと言っていいだろう。

それに、異性からもらうものとしては、花は存在感が強すぎる気もする。ちょっと重い、というか。こちらの下心が見透かされそうで、考えただけで顔が赤くなった。

「あれぇ、なんだかイマイチって感じでした？　お花だと無難すぎますかねぇ……」

またしても顔に出ていたのか、エマに鋭く突っ込まれる。

「無難というか、逆にやりすぎかなぁと」

正直に感想を述べると、エマははてと首を傾げた。

「やりすぎ？」

ピンときていなそうな雰囲気。ああ、そうか、日本人とフランス人では、この辺の感覚は違うのかもしれない。

「お花をあげるとか、きざな感じがするというか……。あ、きざって意味わかるかな？　ヘンにかっこつけすぎ、みたいなニュアンスなんだけど」

「ええっ、そんなことないですよ。考えすぎじゃないですか？」

「日本人的な感覚だと、異性にお花をあげるのって、ある意味告白に近いというか。あなたが本命の相手ですよって言ってるみたいで」

「ほんとに？　フランスではそんなこと誰も考えないです。お花は気軽なプレゼントですよ」

やはり、文化の違いなのだろう。むむと唸《うな》っていると、エマがハッと思い出したように言葉を継いだ。

「でも、その人、ムッシュー・ニシナの本命なんですよね？　だったら、別に問題ないのでは？」

見事に核心を突かれ、カケルは反論できなかった。

「パリにいるんだし、ここはフランス式でいきましょう」

結局、エマの勢いに押される形でお花を贈ることに決定した。とはいえ、カケル自身も「まあ、いっか」という心境になっていた。外国という非日常に身を置いているせいで、少なからず舞い上がっていたせいもある。

「彼女さんも旅行中ですし、かさばらない花がいいですよね」

花の種類なんてカケルにはさっぱりだから、ここは完全におまかせである。エマが選んだのはガーベラやゼラニウムなど。

「パリのアパルトマンで、よく窓辺に飾られている花です」

それはいいことを聞いた。彩世に渡すときに、さりげなく小ネタとして披露すれば、花を贈る行為を正当化できるかもしれない。別に下心があるのではなく、フランスだからお花なんですよ、といった具合に。

市場のお店で花束にしてもらい、ついでに小さな花瓶も買った。花柄のレリーフがあしらわれた可愛《かわい》らしい花瓶だ。

ホテルの部屋に飾るならないと困るし、花が枯れた後も花瓶はお土産として残る。なかなかグッドアイデアであるが、提案したのはこれもまたエマだ。

「そろそろ待ち合わせの時間ですね。駅まで一緒に戻りましょう」

市場を出て、地下鉄の駅へと二人で歩を進める。

「彼女さん、きっと喜んでくれますよ」

「ありがとう。お陰で上手くいきそうだよ」

来るときに遊覧船を目撃した、石造りの橋を再び渡る。

「ていうか、彼女ではないんだけどね」

性懲《しょうこ》りもなく抗弁しようとしたときだった。

——あれ？

気がつくと、隣を歩いていたはずのエマがいない。

後ろを振り向いて——カケルは目を疑った。

歩道の上に人が倒れている。エマだった。

慌てて駆け寄り、抱え起こし、声をかける。

「どうしたの？　だいじょうぶ？」

ところが、反応はない。体を小さく震わせ、スースーという吐息が漏れ聞こえてくる。

「エマ！　起きてエマ！　どうしたの？」

やはり反応はない。意識が朦朧《もうろう》としているように見えた。

いったい、何が起こったのか——。

カケルは取り乱した。頭が混乱し、恐怖で体が動かない。悪夢を見ているかのようだった。

目を泳がせていると、近くの建物のテラスに赤い花が咲いていた。それは彩世への贈り物に買ったのと同じゼラニウムの花だった。

＊

病院の待合室は多くの人でごった返していた。カケルはソファにもたれかかり、天井をボーッと見上げる。悪夢がまだ続いているようで、現実味が湧いてこない。

シテ島の花市の帰り、突如として倒れ込んだエマ。助けてくれたのは、通りすがりのご婦人だった。その場で救急車を呼んでくれ、付き添う形でカケルはパリ市内の病院へやってきた。

お医者さんはカケルにあれこれ質問したが、なにぶん言葉が分からない。それでも目一杯のジェスチャーを交えながら、高校三年間かけて学んできたフランス語の拙《つたな》い語彙力《ごいりょく》をフル動員して、必死に状況を伝えた。

そうこうするうちに、アンナさんが到着し、カケルと入れ替わりで病室へ入っていったため、カケルはこうして待合室でジッとしている。それから、どれだけの時間が経過しただろうか。

元気だった人間が突然意識を失い倒れるような病気にはどんなものがあるのか。スマホで調べると、脳梗塞《のうこうそく》だとか心筋梗塞といった、命を失いかねない病気ばかりが出てきて余計に不安が募った。

「こういうのを検索魔って言うんだろうなぁ」

心細さのあまり、つい嫌な想像ばかりしてしまう。

彩世と約束した待ち合わせの時間はとっくに過ぎていた。

「ごめんなさい。トラブルが発生して今日は行けなくなりました」

とりあえずメールで一言連絡したが、いまのところ返信はない。もう少し詳しい状況を伝えるべきだろうが、カケル自身も現状を正確には理解できておらず、それ以外書きようがなかった。

アンナに病室へ入るよう促されたのは、日も落ち始めた頃だった。恐る恐る中へ足を踏み入れると――。

「ボンソワール……えへへ」

エマが起きていた。頭を掻《か》きながら、いたずらが見つかった子どものような表情を浮かべている。

その顔を見て、カケルは心の底から安堵した。

「ああ、良かった。本当に良かった」

エマはベッドの背もたれを起こしているが、腕にはまだ点滴の管が付けられている。彼女の説明によると、倒れたのは持病の貧血のせいらしい。ナントカカントカという具体的な病名があるようだが、難しくてどう日本語に訳せばいいか分からないという。

「ただの貧血だから。心配かけてごめんなさい」

エマはそう軽口を叩《たた》いたが、貧血といっても、軽度なものから重度なものまでさまざまであろうことはカケルも想像がつく。現場に居合わせた者としては、少なくとも「ただの貧血」とはとても思えなかった。

ともあれ、もっと恐ろしい病気も想像していたから、とりあえずは大事にならないで済みそうでホッとした。念のため今晩は病院に泊まるが、検査して問題なければすぐに退院できるそうだ。

「それより、彼女さんのほうは大丈夫ですか？」

「うん、大丈夫だよ。連絡はしておいたから。こういう状況だし、きっと分かってくれると思うよ」

エマを心配させないように笑顔を取り繕う。ただ、改めて冷静になってみると、本当に大丈夫なのか自信がなくなってくる。

どんな事情があるにせよ、わざわざパリまで会いに来てくれたのに、ドタキャンしてしまったのは事実である。

「もし彼女さんが怒ってたら、私からもあやまらせてください」

「いやいや、大丈夫だって。それに何度も言うけど、彼女ではないから。そうだ、このお花はエマにあげる」

彩世とは次にいつ会えるか分からないし、このまま渡しそびれて枯らしてしまうよりも、殺風景なこの病室に華を添えたほうが、せっかくの花束が無駄にならなくていいと思ったのだが――。

「ほかの女にあげるはずだったプレゼントをよくもまぁ……」

エマが呆《あき》れたという顔をする。どこまで冗談で本気なのか分からないが、ふくれっ面もまた愛嬌《あいきょう》がある。

「でも、ありがたくもらっておきます。あ、花瓶は持って帰ってください。彼女さんに会えたら渡してくださいね」

翌日にはエマは無事退院し、さらにその次の日にカケルはパリを発《た》つことになった。彩世には謝罪のメールを再度送ってみたものの、返事が届くことはなかった。

Ⅵ
限界突破

ロンドン（イギリス）

列車の旅には、飛行機とはまた違った旅情がある。

車窓を流れる牧歌的な風景をボーッと眺めながら、カケルはそんなことを思った。

パリから乗ったユーロスターの車内。ロンドンまで約二時間半で結ぶ国際列車に揺られていた。国から国への移動はこれまでずっと空路だったから、初めての陸路移動である。

車内販売で買ったコーヒーを飲みながら、新着メールがないかチェックする。やはり、彩世からの返信は届いていない。

「怒っているのだろうか……」

仕方がなかったとはいえ、約束をすっぽかしたのは確かだった。にもかかわらず、きちんと弁解できていないことも自覚している。

「怒っているんだろうなぁ」

返事が来ない理由を想像すると、それしか考えられない。同居の女の子が入院することになって――とは書いていない。ヘンに誤解を招きそうで、事実をありのまま伝えるのが憚《はばか》られたのが正直なところだった。

ふたたび車窓に視線を送る。まるでミントアイスクリームのような、丸く盛り上がった草原の丘の上で、羊の群れが草をはんでいた。

美しくも優しげな風景にカケルは目を細めた。スマホを取り出し、写真に収めようとシャッターを押そうとした瞬間だった。

風景が突然、ブラックアウトした。

「……おおおっ、外が真っ暗になりました！　いよいよ列車が海底トンネルに入っていくようです！」

甲高い女の声で、日本語が聞こえてきたのはそのときだった。やたらとテンション高めの、実況でもしているかのような説明口調。

——日本人？

何だろうかと訝《いぶか》っていると、その声の主が前の座席からひょっこりと顔を出した。そうして、こちらを振り向き——目が合う。

「あ……」

向こうもカケルの存在が意外だったのだろう。動きが止まった。数秒間、無言で見つめ合う。

「……ど、どうも」

無視するのも不自然なので、カケルは小さく挨拶《あいさつ》を返した。

「日本人……ですよね？　ああもう、ビックリしたなぁ」

それはこちらの台詞《せりふ》だよ、と思いながら、カケルは目の前の女性の手に注目した。ステイック形の自撮り棒のような器具の先に、スマホを取り付けている。

「ああこれ？　動画を撮ってるんですよ」

映像のブレを軽減するための器具があることはカケルもなんとなく知っていた。確か、ジンバルとかいったはずだ。

「偶然ですが、なんと日本の方が後ろの席にいました。せっかくなので、少しお話を聞いてみましょうか」

撮影は続いているようで、スマホのレンズはカケルに向けられたままになっている。

「ご旅行ですか？」

「え？　はい、旅行です」

突如として始まったインタビュー。戸惑いながらも、カケルは聞かれたことに素直に答えた。

「学生さんですか？　ひょっとして卒業旅行とか？」

「いや、修学旅行です」

「しゅ……、修学旅行？　お一人で？」

「はい、一人です」

「何年生？」

「いま高校三年です」

「……こ、高校生？　修学旅行？　しかも一人で？」

女性の大げさなリアクションは、最初のうちこそ演技がかって見えた。しかし、カケルの話を聞くうちに本気で驚いたのか、素の反応に変わっていった。

「いやぁ、ビックリしました。こんなところで、とんでもない逸材に出会うとは！　まさにドーバー海峡の奇跡？　もっと詳しく聞いてみたいので、これから出演交渉してみたいと思います。オーケーが出れば、また別の動画を上げるかも？　観《み》てみたいって人はグッドボタン押してね～。では、バイバイ！」

スマホに向かって手を振り、撮影が終了した――らしい。

「ありがと。アドリブにしては上出来よ」

女性が向き直る。先ほどまでの甲高い声がウソのような低い声、口調も一気にトーンダウンした。別人のような雰囲気に、カケルは面喰《めんく》らった。

「ちょうど良かった。景色が真っ暗になってしまったから、絵的に微妙だなぁと心配していたところ」

カケルの登場は、彼女にとっては歓迎すべきハプニングだったようだ。

「あのう、ここって、海の下なんですか？」

「そうよ。ドーバー海峡を渡っているところ。日本にも青函《せいかん》トンネルってあるでしょう。あれと同じ感じで、フランスとイギリスは海底トンネルで繋《つな》がっているから……って自己紹介がまだよね？」

そう言って、女性は一枚の名刺を差し出した。「小鳥遊首里」と書いてある。ことり……ゆう？　難読すぎる名前である。

「たかなし、よ。たかなししゅり」

なぜこの漢字でそう読むのか。誰でも絶対に読める自分の名前とは対照的だなあと思いながら、口を開いた。

「仁科カケルです。カケルはカタカナで」

もっとも、小鳥遊《たかなし》が本名か芸名なのかは定かではない。

名刺の肩書きが「ユーチューバー」となっているのを見て、カケルは納得した。そういえば、グッドボタンがどうとか言ってたし。

「ユーチューブの撮影をしていたんですね」

「そうなの。さっき撮った動画アップしていい？　ていうか、高校生で修学旅行って、アレ本当？」

改まって聞かれると、いささか恥ずかしい。自分の境遇はそんなにも変わっているのだろうか。

とりあえず、世界一周をしているということや、これまでにどんな国を訪れたのかをかいつまんで説明した。

「世界一周かぁ……いいなぁ。憧《あこが》れるなぁ」

小鳥遊首里《しゅり》というその女性は、現在ロンドンに留学中の身なのだと語った。せっかく海外にいるのだからと、なんとなく動画投稿を始めたらハマってしまい、学業の傍らユーチューバーとして活動するようになったという。

「これでも登録者数結構いるのよ。なっしーちゃんねるって名前でやってるから、よかったら見てみてね。全部平仮名で、なっしーとちゃんねるの間に星マークが入るから」

つまり、「なっしー☆ちゃんねる」というわけか。

「たかなしさんは、パリには旅行で？」

「旅行というか、フラッと行ってみた感じかな。動画のネタ探しも兼ねてね。行きはLCCの安いチケットが取れたから、それで来て。ユーロスターに乗るのは私も初めてなんだ」

ＬＣＣとは格安航空会社のことなのだとはカケルも知っていたが、値段を聞いて驚いた。ロンドンからパリまでわずか一ポンドだったという。ほとんどタダ同然だが、バーゲン価格で座席が売り出されるのもＬＣＣの世界では珍しいことではないと首里は言った。

「それと、私のことはナッシーって呼んで。クラスのみんなにはそう呼ばれてるんだ。日本にいたときはしゅりりんってあだ名だったけど、英語だとナッシーのほうが言いやすいみたい」

「ナッシーか。いいニックネームですね」

お世辞抜きにカケルはそう思った。覚えやすいのもいい。

「仁科くんって言ったっけ？　そしたら、ニッシーか。いいじゃん。ナッシー・アンド・ニッシーで私たちコンビが組めそう」

自分でそう言って、自分で笑っている首里を見て、カケルは微笑《ほほえ》ましい気持ちになった。とりあえず悪い人ではなさそうだ。

「ロンドンに着いたらまた撮影させてよ。ニッシーの話、きっとウケルと思うんだよね。お礼に、街を色々と案内するからさ」

すっかり相手のペースだが、それもまあ毎度のことだ。

そうこうするうちに、列車は長いトンネルを抜けた。真っ暗だった車窓はまた陸地の風景に戻ったが、そこはもうフランスではなくイギリスだった。

＊

世界一周もイギリスで五ヶ国目。アジアから西進し、ユーラシア大陸を横断し、遂にその西端に辿《たど》り着いた。

パリではエマの家に居候していたので、ホテルに泊まるのは久しぶりだ。といっても、カケルが予約していたのはユースホステルだった。イギリスは物価が高く、宿代を節約する必要があった。

部屋は個室ではなく、相部屋である。トイレやシャワーも共用だ。こういう形態の宿のことを「ドミトリー」というらしい。一泊あたり、十五ポンド。日本円にして約二千円は格安と言っていい。

チェックインして案内された部屋には、二段ベッドが三つ置かれていた。つまり、全部で六人が泊まれる計算になる。

幸いにも、先客は一人しかいないようだった。好きなベッドを選んでいいというので、窓際の下段ベッドに荷物を置いた。

気になるのは、ルームメイトがどんな人間かだ。カケルが到着したときには留守だったが、部屋にはかなり大きな荷物が置いてあった。中に楽器でも入っていそうな見た目のトランクである。

――ミュージシャン？

相部屋とはいえ、さすがに男女別に分かれている。すなわち、同居人は男ということになるが。

知らない人と同じ部屋で一緒に寝泊まりする——旅に出る前のカケルだったら、少なからず拒否反応を示していたような気もする。人付き合いが苦手で、自分の時間が大切なタイプだからだ。

しかし、世界を巡る中でカケルも成長したのかもしれない。以前よりはオープンな思考になっていることを自覚していた。素敵な出会いがたくさんあったことも大きい。

＊

旅が長くなるにつれて、自分なりに行動パターンのようなものも確立されてきた。いわば、旅のお約束なのだが、旅のド素人だった出発当初からすると考えられない進歩だ。

たとえば、知らない街に着いたら、まずはランドマークというべきスポットへ行ってみる。写真で見たことのある有名な風景をこの目にすると、その地に着いたことを分かりやすく実感できるのだ。

ロンドンでカケルが最初に向かったのは、ウェストミンスター宮殿だった。テムズ川の畔《ほとり》に立つ、ゴシック様式の荘厳な建築物は、英国議会の議事堂として利用されている。

中でも、一際目立つ巨大な時計塔は「ビッグベン」の愛称で知られる。付近には記念撮影をしている観光客が多い。

せっかく来たので、カケルも一枚撮っておく。セルフィーをしようとしたが、慣れないからアングルが上手く定まらない。ユーロスターの車内で会ったユーチューバーの小鳥遊首里を思い出した。

「自撮りって案外難しいよなぁ……」

実はあの後、彼女の「なっしー☆ちゃんねる」をチェックしてみたら、登録者数が五万人を超えていて驚いた。知る人ぞ知る、人気チャンネルといえそうなのだ。

彼女とは連絡先を交換したので、近いうちにロンドンで再会できればと思っている。案内してくれるって言ってたし。

ビッグベンを後にし、西へと歩を進めると、緑あふれる公園が現れた。犬の散歩をしていたり、ジョギングをしていたりと、人々の憩いの場という佇《たたず》まいに心が安まる。

この公園を突き抜けた先にあるのが、バッキンガム宮殿だ。英国王室の公邸として知られ、エリザベス女王が住んでいる。日本でいえば皇居のようなところだが、ロンドン最大の観光地でもある。

宮殿の前のロータリーを囲む形で、人だかりができていた。この場所で衛兵の交代式が行われると聞いてやってきたのだ。

タッタララ～♪　ブラスバンドの軽快なリズムに合わせて、同じ制服に身を包んだ衛兵たちが一糸乱れぬ行進を見せる。自分の顔よりも大きい帽子がトレードマークだ。

交代式自体見応《みごた》えがあるが、カケルが気になったのは警備をしている警察官たちだった。馬に乗って付近を行ったり来たりしていて、騎馬隊という感じで妙にカッコイイ。しかもよく見ると、馬の上にいる隊員が綺麗《きれい》な女性だったので、思わず二度見してしまった。

警察官といっても威圧感がないのは意外だった。徒歩で巡回中の警察官などは、観光客と一緒に記念写真に収まっていたりして、フレンドリーな雰囲気。彼らもまた特徴的な大きな帽子を被《かぶ》っていて、大変絵になる。

バッキンガム宮殿からさらに歩いて、カケルはピカデリーサーカスへやってきた。大都会ロンドンの中でも最大の繁華街だそうで、とくに若者たちの姿が目立つ。

羽根が生えた天使の像をぐるりと囲む形で、階段が設《しつら》えられている。待ち合わせの目印になっているようで、座って小休止するのにもちょうどいい。

——渋谷のハチ公像みたいだなぁ。

そんなことを考えながら、階段の空いたスペースに腰掛けていると、近くに人だかりができているのが見えた。バッキンガム宮殿の見物客の群れに比べれば小規模な集まりだが、それでも明らかにそこだけ人が密集しており、時折拍手や歓声まで聞こえてくる。

何だろうかと見に行ってみて、カケルは得心した。

そこでは大道芸が行われていたのだ。イギリスにいるし、ストリート・パフォーマンスと、あえて英語で言い換えてもいい。

男が大きなナイフをお手玉のように、上空へ投げては掴《つか》み、を繰り返している。しかも、一輪車に乗りながら。クルクルと宙を回るナイフの数は最初は二本だったが、途中から一本追加され三本になり、観客からはどよめきの声が上がった。

芸の内容に感嘆すると同時に、カケルは披露している男の風貌《ふうぼう》にも注目していた。この手の大道芸人にしては妙に若く見えたのだ。カケルと歳《とし》はそれほど離れてなさそうなほどである。

肌が浅黒く黒髪で、顔つきは東洋人に近い。いったい、どこの国の人なのか検討もつかない。

ナイフのパフォーマンスは最後の演目だったのか、芸が終わると男は被っていたハットを脱いで、自分の前に置いた。集金タイムというわけだ。

帽子にお金を入れてほしいと、男が見物客に訴えかける。遠回しな言い方ではなく、「マネーをくれ」ときっぱり言い切ったのが印象的だった。

「コインはいりませんので。お札でお願いしますね」

軽口を交え笑いを取りつつも、言っていることは冗談ではなく、本気であることはカケルにも分かった。

さっさと逃げようかとも思ったが、見てしまった手前、タダで退散するのも気が引けた。

結局、財布の中で一番少額だった五ポンド紙幣を一枚渡すことにした。

帽子にお金を入れる瞬間、男と目が合った。

「サンキュー」

左右の瞳《ひとみ》の色が違うことに気がつき、カケルはドキリとした。


ピカデリーサーカス周辺を当《あ》て所《ど》もなく歩いていると、急に街の風景が一変した。極彩色の派手な門がドーンと立ち、通りには漢字の看板を掲げる店が立ち並ぶ。これはそう、中華街だ。

外国にいると、無意識のうちに日本の記憶と比較してしまう。渋谷にいるかと思いきや、突如横浜にワープした。ロンドンは思いのほか雑多な世界が楽しめる街だった。

中華街のレストランに入ったのは、パンが主食のヨーロッパの食事にそろそろ疲れてきていたからだ。白いお米が恋しくなっていた。中華ならば、久々にご飯にありつける。

「オール・ユー・キャン・イート」

中華街のお店の多くが、軒先に掲げていたのがこのフレーズ。その場で意味を調べると、「食べ放題」と判明した。ビュッフェ形式である。食べ盛りの高校生としては、それもまた魅力的だ。

立ち並ぶ店を一通りチェックして、候補を二つに絞り込んだ。十ポンドの店と、十五ポンドの店。味と値段は必ずしも比例するとは限らないが、店構えだけだと後者のほうが美《お》味《い》しそうに見える。

——差額は五ポンドか。

頭をよぎったのが、先ほど大道芸人に支払った五ポンドだった。あれがなければ、迷わず十五ポンドの店にしたところだが——。

たった五ポンドとはいえ、金額差がまったく同じ五ポンドというのは何かの暗示のようにも思えた。思案した結果、カケルは十ポンドの店を選んだのだった。

格安で、しかも食べ放題というだけあって、料理のレベルはお世辞にも高いとはいえなかった。けれど、カケルにとっては、白いご飯が食べられるだけで強い満足感が得られた。回鍋肉《ホイコーロー》に麻婆豆腐《マーボーどうふ》、春巻きに餃子《ギョウザ》や焼売《シユウマイ》、デザートは杏仁《あんにん》豆腐。我を忘れる勢いでガツガツ食べたらお腹《なか》がはちきれそうになった。

すっかり満腹になり家路、ではなく宿路につく。そういえば相部屋だったんだ、と思い出しながら中へ入ると、先ほどは不在だったルームメイトがベッドに転がりスマホをいじっていた。

「ハロー」

「ハロー……って、えええ！」

挨拶を交わしながら相手の顔を見て、カケルはひっくり返りそうになった。

浅黒い肌に、左右色違いのオッドアイ。そう、日中、街で出会った例の大道芸人の男がそこにいたのだ。

まさか同居人だったとは。そういえば、さっき部屋に大荷物が置いてあったが、あれは商売道具というわけか。

カケルは運命的なものを感じた。

「あれ、さっき観ててくれてたよね？」

向こうも覚えていたようで、カケルを見て目を丸くしている。

「うん、その……なんというか……グッド・パフォーマンスだったよ。すごく良かった」

「サンキュー」

流れでお互い自己紹介をする。男はマイクと名乗った。南米のペルー出身の十九歳。やはり、若い。カケルより一つ年上だ。

南米なんて遥《はる》か遠くで、ペルーと言われてもあまりイメージが湧《わ》かないが、

「マチュピチュのある国だよ」

というマイクの説明を聞いて、ああなるほどと納得した。失われた空中都市として知られるインカ帝国の遺跡は、いかにもゲーム世界に出てきそうなファンタジックな景観だなぁと憧れていたのだ。

カケルが日本人と分かると、マイクは自分の出自について語り始めた。驚くべきことに、

彼のひいおじいさんは、日本人だったという。

南米には日系移民が多いことはカケルもなんとなく知っていた。どうりでアジア系の顔つきをしているわけだ。マイク自身ひ孫にあたるということは、日系四世になる。

「いつか日本にも行ってみたいと思ってるよ。自分のルーツだからね」

そう話す彼の言葉は日本語ではなく英語だ。といっても、ペルー人の彼にとっても英語は外国語であり、発音もどことなく日本人の英語に近い。お互いネイティブではないお陰で、むしろ話しやすいとカケルは感じた。

カケルが世界一周していると言うと、マイクは口笛を吹いた。

「それはクールだね」

面と向かって褒められると、ちょっぴり照れくさい。でも、大道芸をしながら旅をしている彼もまた突き抜けていると思うが。

「ロンドンで大道芸をするには、オーディションを受けて合格しなければならないんだ。場所や時間も決められているし、許可証がいるから、なかなか思うようにはできなくてね」

芸一つで身を立てようと、世界中からこの地に若者たちが集まってくる。マイクもその一人というわけだ。大道芸の世界のことはよく分からないが、ここロンドンは彼らにとって一級の舞台なのだろうなあとカケルは想像した。

「そういえば、これは返すよ」

と言ってマイクが差し出したのは、五ポンド紙幣だった。

「ルームメイトからもらうわけにはいかないから。それに俺見てたけど、さっきはもう終わりというタイミングで来ただろ？　それなら払わなくてもいいと思うし」

観察眼の鋭さに感心させられる。お金が返ってきたのは喜ばしいし、束の間《つかま》の同居人が結構いいヤツそうなのが分かり、カケルは内心ホッとしたのだった。

＊

ロンドン滞在中は結局、カケルが泊まっている部屋にはほかの客は誰も来なかった。それもあって、唯一の同居人であるマイクと交流を深める形になった。

仲良くなってみると、彼は実に気持ちのいい青年だった。明るく、朗らかな性格で、きちんと気遣いもできるタイプ。

まだ十代にもかかわらず、考え方なども大人びている。さすがは、異国の地で自分の力でお金を稼いでいるだけのことはある。

カケルも日本ではアルバイトに精を出していたつもりだが、この男には到底かなわない。

なんといっても、芸だけで生計を立てようとしているのがストイックだ。

マイクは日中はどこかでパフォーマンスをしているようだった。顔を合わせるのは主に朝と夜だけだが、その日あったできごとをお互い報告し合うのも日課になっていた。

「今日は五十ポンド札を入れてくれた人がいてさ」

嬉《うれ》しそうに戦果を話すマイクの笑顔を見ると、カケルも自分のことのように喜んだ。五十ポンド札はこの国で最も高額な紙幣だ。日本でいえば一万円札のような感覚だろうか。

それにしても、同世代の男子と話すのは久しぶりだ。そもそも友だちの少ないカケルにとっては、外国人の同性の友人ができたこともうれしいトピックスである。

世界一周の道中ではさまざまな出会いがあったが、振り返ってみると、不思議なことにみんな女性だった。

そういえば例の小鳥遊首里、通称ナッシーから連絡が来ていた。

「留学生仲間とホームパーティをするんだけど、良かったら参加しない？　ニッシーのことみんなに話したらぜひ会いたいって」

ありがたいお誘いではあるが、一方で躊躇《ためら》う気持ちが芽生えたのも正直なところだった。賑《にぎ》やかな場は得意ではないのだ。ホームパーティなんていかにもリア充のための催しであり、自分には一生縁のないものと思っていた。ましてや、知らない人だらけの集いとなると、完全にアウェイと言っていいだろう。

「行きたいです」

にもかかわらず、参加を表明したことにカケルは自分でも驚いていた。根っからのオタク人間ならではの後ろ向きな思考にも変化が生じ始めていた。

――旅をする前の自分なら、絶対断っていただろうなぁ。

自分が旅に感化されていることをカケルは認識し始めていた。


そんなわけで、ホームパーティ当日――。

その日カケルは、朝から大英博物館を訪れていた。世界最大級の博物館などと称されるだけあって、展示物は質・量共に圧倒されるレベルだった。それでいて、入場料がタダというから太っ腹だ。

古代エジプト文明の秘宝や、イースター島のモアイ像にはとくに感激した。教科書で見たことのあるような人類のお宝ともいえる貴重な代物が次々登場して、歴史にはそれほど関心のないカケルでさえ、おおっと何度も唸《うな》らされたのだった。

「久々にレポートに書けそうなネタができたな」

学生の本分を思い出す。毎日が楽しくて忘れがちだが、これは修学旅行であり、帰国後にはレポートの制作が待ち受けている。

旅費の一部は奨学金という形で学校側が肩代わりしてくれている。レポートの内容次第では支給額が減らされる可能性もあるから、決して手を抜くわけにはいかないのだった。

ホームパーティが行われるのは夜である。博物館の途方もない広さに歩き疲れたので、カケルはいったん宿に帰って態勢を立て直すことにした。シャワーを浴びて、着替えもしたい。

ところが、部屋に戻ってくると、異変が起きていた。

これぞ青天の霹靂《へきれき》。予期せぬ事態といっていい。

マイクの大荷物がなくなっていたのだ。荷物どころか、彼がそこらに散らかしていた着替えやタオルなどもすべて片付けられており、ベッドメイクまでされている。

まさか——胸騒ぎがした。

「ああ、彼なら今日チェックアウトしたよ」

宿のスタッフに聞くと、そのまさかだった。

朝会ったときにはマイクは何も言っていなかった。いつも通り、笑いながら軽口を叩《たた》いていた顔が思い浮かぶ。

スタッフにどこへ行ったのか聞いてみたが、知らないという。そりゃあそうだろうな。わざわざ行き先を言う義理はない。

「出て行くなら一言教えてくれてもいいのに……」

とりあえず彼にメッセージを送ろうと、タブレットを取り出そうとして——ハッとなった。

「マイクの連絡先、聞いてなかった……」

さらには、どういうわけか、タブレットが見当たらない。確かスーツケースの中に突っ込んでおいたはずだが。

再度、確認してみたが、やはり見つからない。というより、スーツケースの中身を見て微妙に違和感を覚えた。

——荒らされている？

次の瞬間に考えたのは、一つの可能性だった。そしてそれは、考えたくないものでもあった。

タブレットが盗まれたかもしれない、という可能性だ。

財布やパスポート、スマホといった貴重品は常時身につけているものの、タブレットは街歩きの際には荷物になるからと宿に置いていくことが多かった。これまでは部屋は個室だったし、そんなやり方で何も問題なかったのだが。

部屋中探したが、タブレットは見つからなかった。せめてスーツケースに入れた後に鍵をかけておけば良かった。自分のセキュリティ意識の低さを反省するが、後の祭りである。

仮に盗まれたのだとして、犯人は誰なのか。

これもまた、考えたくないことだった。現場が宿となれば容疑者は限られるし、状況的に怪しい人間といえば――。

　気持ちはどんよりとしていたが、いまさら約束をすっぽかすわけにもいかず、カケルは首里との待ち合わせ場所に向かった。

　彼女が暮らすアパートはノッティングヒルの外れにあった。著名な映画の舞台にもなったという街並みは、閑静な住宅街といった雰囲気で、見るからに治安も良さそうだ。

「高級住宅街のイメージが強いけど、少し離れると意外とお得な物件もあるのよ。最近はシェアハウスも増えているし」

　ロンドンは家賃がかなり高く、留学生にはシェアハウス暮らしも一般的なのだという。トイレやバス、キッチンなどは共用ながら、寝室は個室という居住方法。フラットシェアともいうそうだ。

　首里もそういったアパートで各国の留学生たちと共同生活を送っており、この日は彼女たちのホームパーティにカケルが招かれたというのが事の次第である。

　アパートといってもワンフロアがまるまるシェアハウスになっているようなところで、結構広々としている。到着するとシェアメイトだという三人を首里に紹介された。

「彼がダニーで、こっちがレベッカとスージー」

　一度に三人も名前を覚えられるだろうかと不安になるが、本人たちの目の前でメモに取るわけにもいかない。

「はじめまして、カケルです」

作り笑いを浮かべつつ、握手を交わした。

首里も入れると男一人、女三人と男女比がいびつな気もしたが、レベッカとスージーは姉妹で部屋も同じなのだという。

聞くと、この姉妹はトリニダード・トバゴ出身とのこと。

どこだそれ？　あまり聞いたことがない国だが、どうやらカリブ海の小さな島国らしい。

テーブルに並べられた鶏肉《とり》を焼いた料理は彼女たちが作ったという。ハーブが効いており、辛口でカケル好みの味だった。

「ジャーク・チキンっていうの。元々はジャマイカの料理なんだけどね、私たちも大好き」

教えてくれたのは姉のレベッカだ。ジャマイカもカリブ海の島国で、レゲエが有名なことぐらいはカケルも知っている。

「トリニダード・トバゴもダンス・ミュージックが盛んなのよ」

妹のスージーが体を揺らしながら、お国自慢を始めた。こちらはいかにも次女といった感じで、元気いっぱいよく喋《しゃべ》る。

「ロンドンは彼女たちみたいにカリブから来ている子も多いのよ。ここノッティングヒルでは年に一度、カリビアンのためのお祭りもあってすごく盛り上がるんだから」

　首里が補足してくれる。初対面の女性たちと、しかも英語で話すとなると気後れしてしまうところだが、世話焼きの首里がいるお陰であまり緊張せずに輪の中に入っていけた。

　一方で唯一の男性メンバーであるダニーはというと、ブラジルから来ているのだと自己紹介した。年齢までは聞いていないが、ビールをぐびぐび飲み続けているので未成年ではなさそうだ、たぶん。

「サッカーの話はナシな。俺、サッカー興味ないから」

　ダニーが釘《くぎ》を刺すように言った。ブラジル人と分かったら、サッカーの話を振られることがあまりに多いらしく、ほとほと嫌気がさしているのだという。カケルも危うくサッカーの話をするところだったから、思わず苦笑してしまった。

「この前の授業でさ、もし宝くじに当たったら何をしたいかという課題が出てね。ダニーが世界一周したいって発表したのよ。だから私が、この前世界一周している子に会ったよって言ったらさ、だったら連れてきてって話になって……」

　首里の口から、パーティにカケルが呼ばれた経緯が明かされる。

「宝くじなんて当たらなくても、世界一周ぐらいできるんじゃないかって私も思ってたんだけど。ニッシーがまさにそのことを証明してくれてるよね」

　旅をするにはお金が必要なのは確かで、その点に関してはカケルは恵まれているという自覚はあった。高校生のくせに……と後ろ指を指されたとしても、すいませんと謝るほかない。

とはいえ、決して豪遊しているわけではなかった。節約できるところはしているし、ロンドンでもホテルではなく安宿の相部屋に泊まっている……って思い出した。そうだ、さっきその安宿でハプニングが起きたばかりなのだ。

「実はさ……」

事件のあらましをみんなに話す気になったのは、

「宿に帰ってきたらタブレットがなくなっていて……」

誰かに聞いてもらいたかったから。

カケルは先ほど起きた出来事をみんなに話した。一部始終を聞いて、まず最初に素直な反応を返したのはスージーだった。

「つまり犯人はルームメイトの男ってこと?」

その横ではレベッカが神妙な顔で頷《うなず》いている。

「大道芸人ってのが怪しいよな。絶対そいつだよ」

酒の酔いが回った勢いもあるのか、ダニーがほとんど決めつけるような強い口調で言い放った。

自分の口からは決して言えなかった一つの可能性。言いたくなかったと言い換えてもいい。状況から考えるとその可能性が最も高いことはカケルももちろん理解していた。

分かっている。分かってはいるのだ。

しかし、他人に言われるとなぜかムキになってしまう。

「でも、証拠はないしさ。決めつけるのは良くないかなと」

まるで自分に言い聞かせるように。

「いいヤツなんだ。そういう……人のものを……盗《と》る、みたいなことをするなんてさ、とても思えないんだよ」

偽らざる本心だった。

「保険には入ってるよね？　海外旅行保険」

犯人捜しには加わらず、現実的な解決策を提案したのは首里だ。

「はい。保険への加入は学校から義務づけられているんで」

「だったら、申請すればいくらか返ってくるはず。盗難保険が下りるから。買った値段の七割とか、確かそんな感じで」

「詳しいんですね」

「私も経験があるから……」

海外ではこの手の盗難なんて別に珍しいことではないと首里は語った。そう言われると、その通りなんだろうなあという気はしてくる。むしろ、日本の治安が良すぎるのかもしれない。

「すいません、ヘンな話をして」

せっかくの楽しいパーティなのに、雰囲気を悪くしてしまったことをカケルは詫《わ》びた。

「気にしないで。そしたら飲み直しましょう」

レベッカが年長者らしく場を取りまとめる。

「よおし飲もう飲もう」

「もうっ、ダニーは飲みすぎだから」

冷蔵庫から新しいビールを取り出したダニーを見て、スージーが呆《あき》れ顔になる。

「さっきの話の続きだけどさ。ひょっとして世界一周するよりロンドンに留学するほうが遥《はる》かにお金がかかるんじゃない？」

首里が話題を宝くじのくだりまで引き戻した。参考までに留学の費用について具体的な金額を聞いてみると、カケルが予想したよりも桁《けた》が一つ多くて唖然《あぜん》となった。

＊

ロンドンに来てからというもの、お金について意識する機会が増えた。この街の物価がすさまじく高いせいもある。

「少しでも滞在資金を稼げればって思ったから」

だから、ユーチューバーを始めたのだと首里は語った。

そんな彼女に乞《こ》われ、カケルも動画に出演することになった。

なぜ世界一周しているのか、これまでの旅で思い出に残っているところは、次はどこへ行くのかなど、インタビュー形式で質問に答えていったのだが——。

「うーん、何か違うんだよなぁ。話してる内容はいいんだけど、なんか普通っぽく聞こえるというか」

撮影が始まると、首里は人が変わったように厳しくなった。クリエイター魂に火がつくのか、物作りには妥協しないという姿勢を見せる。さながら鬼ディレクターのようで、カケルは何度もダメ出しされた。

「人前で喋るのとか苦手なんですよ」

「知ってる。ニッシーはガツガツ話すようなタイプではないよね。でも、それ自体は問題ではないのよ」

「だったら、何がダメなんでしょう？」

「高校生で世界一周っていうテーマはおもしろいと思う。訥々《とつとつ》と話すのもまあ味があってマイナスではない……」

でも、と言いかけて、首里はしばし黙考する。

「ただ旅の内容を紹介するだけだと、正直観ていて飽きちゃう気がするんだよね。動画にするなら、もう少し尖《とが》った要素がないと。旅に加えて、何かドラマティックな展開も欲しいというか」

なるほど、彼女が言いたいこともなんとなく分かる。確かに他人の旅日記を読んだってそんなにおもしろくない。小説や漫画みたいな二転三転する派手なストーリーとは違うし。

「何かないの？　たとえば……そう、恋バナとか？」

ドキリ。痛いところを突かれ、言葉に詰まる。

「あるのね？　恋バナ。ニッシーは分かりやすいなぁ」

首里が小悪魔のような笑みを浮かべた。

「実はユーロスターで初めて会ったときから気になってたんだ。なんか暗そうだったよね。物思いに耽《ふけ》っている感じでさ。失恋でもしたのかなぁって勝手に想像してた」

さらにドキリ。あまりの名推理ぶりにカケルはたじろいだ。

「図星だった？」

「……はい」

観念するしかなかった。トリックを暴かれた真犯人の気持ちが少し分かった気がした。

いまだ彩世からメールは返ってきていない。なぜそんなことになったのか――カケルはこれまでの経緯を首里に説明した。

日本を出発する飛行機で席が隣どうしになったこと。タイで一緒に夜行列車に乗って、灯籠《とうろう》流しのお祭りに参加したこと。そこから先はお互い別々に世界一周をしながら、文通を続けていたこと。

そして、パリで久しぶりに会うことになったのだが、結果的に約束をすっぽかしてしまったこと——。

「ふむふむ」

首里は親身になって聞いてくれ、時折大げさなリアクションを交えたりもしながら、カケルにどんどん話の続きを促した。彼女にはインタビュアーとしての資質が備わっているのかもしれない。カケルはまんまと乗せられた恰好《かっこう》となり、事実は包み隠さず、ヘンに脚色もせずに、自分の気持ちを本音で語り尽くしたのだった。

「話を聞いた限りでは、ニッシーが悪いよね。パリまで呼んでおいて待ちぼうけなんてさ、彼女かわいそうだよ」

一通り話し終わると、首里による断罪タイムが始まった。

「それも、ほかの女のところに行ってたからだなんて。サイテーだよ。向こうが怒るのも当然だよね」

「いやでも、それは不可抗力というか……」

「病院に付き添いしたんだっけ？　そうだとしてもさ、彼女からすればモヤモヤした気持ちになるよ」

面と向かって自分の不甲斐《ふがい》なさを指摘されると、情けなくなってくる。でも、言い返す余地はない。

「説明不足だよね。行けなくなったのは仕方がないとしても、きちんと理由を伝えないと。そもそもさ、そのパリジェンヌの子のことを隠しているのはなんで？」

「それは……あえて言わなくてもいいかなって。女の子と一緒だって言って誤解されるかなって」

「うーん、逆だよきっと。やましい気持ちがないなら、ありのままを正直に言ったほうが彼女も納得できると思う」

核心を突かれ、カケルは押し黙った。

「それにね、彼女も薄々気がついているかもよ。そういうのは隠しても無駄。女の勘は鋭いんだから」

「……そういうものなんですか」

「そういうもの」

内心悶々《もんもん》としていたせいか、気持ちが次々言葉になって吐き出された。彩世と仲直りするための道筋こそ見えないものの、話したことでわずかに心は軽くなった。

「ようし！　お陰様でいいの撮れたよ」

項垂《うなだ》れているカケルの横で、首里がガッツポーズを決めた。

「えっ、いまの撮ってたんですか？」

「うん、録画ボタンずっと押しっぱなしだったから。良かったよニッシー、こういうのだよ！　私が求めていたのは。愛の告白かぁ……これぞ青春って感じでいいわ。最高！」

さっきまで最低って言っていたくせに、と心の中で毒づく。

「大丈夫、顔にはモザイクかけとくから。あ、でも顔出しNGでないならこのままアップするけど」

「……モザイクかけてください」

鬼ディレクターからようやくオーケーが出たのだった。

＊

急展開があったのは、ロンドンを出発する前夜のことだった。この街での最後の観光を終え、カケルが宿へ帰ってくると、建物の前にパトカーが停《と》まっていた。

「何かあったのだろうか」

フロントでは、スタッフの男が警察官と話し込んでいた。物々しい雰囲気に怯《ひる》みながら自分の部屋へ行こうとして、呼び止められた。

いつもは陽気なフロントのお兄さんが、なぜか妙に神妙な顔になっている。これはきっと良からぬことが起きたに違いないと、カケルは身構えたのだが——。

もたらされたのは悲報ではなく、朗報だった。

お兄さんの手に握られた黒い板に見覚えがあった。これはそう、カケルのタブレットだ。

「これは君の?」

警察官に質問されたので、イエスと答える。その場で顔認証でロックを解除してみせ、自分の所有物であることを証明した。

事の経緯を聞くと、タブレットはやはり盗まれていたことがわかった。犯人は誰かというと、宿の清掃員だ。別件で逮捕して家宅捜索をしたら、盗難が明るみに出たという。

なんにしても、無事に戻ってきたのでホッとした。

その翌朝には、さらに喜ばしい出来事もあった。なんと、マイクが戻ってきたのだ。

「リヴァプールで大道芸のオーディションがあるって誘われてさ。急遽《きゅうきょ》行くことになったから、挨拶もできなくて悪かったよ」

そう言って詫びると共に、ビートルズのステッカーをお土産にくれた。リヴァプールはイギリス第二の商業都市で、世界的なバンドグループが生まれ育った街らしい。

「そんなことだろうと思ったよ」

もらったステッカーを、あえて取り戻したばかりのタブレットの裏に貼《は》りながら、カケルは心底ホッとしていた。

タブレットが盗まれた一件を話すと、マイクは腹を抱えて笑った。

「それって、絶対俺が犯人じゃん」

「まあ、怪しいよね」

でも、怪しいだけで済んで良かった。可能性はあくまでも可能性にすぎなかったのだ。

再会を祝して語り合いたいところだったが、飛行機の時間が迫ってきており、そろそろ出発しなければならなかった。

「そのうち日本に行くから」

「ペルーにも行ってみたいな。マチュピチュ案内してよ」

今度こそ忘れずに連絡先を交換する。

新たな大陸に飛ぶ前に、心懸かりを取り除くことができたのはカケルにとって僥倖《ぎょうこう》といえた。

次はいよいよアメリカ——世界一周、最後の国だ。

Ⅶ

レアドロップ

ニューヨーク（アメリカ）

そもそも、世界一周とは何か。何をもって世界一周とするのか。

これは実は難しい問題だ。全世界の国々を網羅するのは現実的ではないとしても、五大陸すべてを回らないと世界一周とは言わないのかというとそれも違う気がする。出発前にカケルが調べた限りでは、世界一周には明確な定義は存在しないことが分かった。

しかし、世界一周ができる専用航空券――カケルも今回はこれを利用している――によると、大前提となるルールが定められている。

それはズバリ、次のようなものだ。

太平洋と大西洋を各一回ずつ横断して出発地点に戻ってくること――すなわち、地球を東西方向にぐるりと回って日本に帰ってくればいいわけだ。これなら単純明快である。

イギリスからアメリカへ。条件に挙げられている二つの大洋のうちの一つ、大西洋をカケルは横断しているところだった。

日本で生まれ育った者としては、太平洋には慣れ親しんでいる一方で、大西洋とは縁のない人生を送ってきた。大西洋を横断できるのは、まさに世界一周ならではの体験といえそうだ。

窓から見下ろすと、濃い青の海が広がっていた。生まれて初めて目にする大西洋に目を細めながら、カケルは気持ちを引き締めた。

旅の終着地、ニューヨークへ。

喩《たと》えるならば、ラスボスが待ち受ける最後の大陸に挑む冒険者の心境である。旅を続ける中でカケル自身は経験値を積み重ね、レベルアップを繰り返してきた。

——結局、オタクはオタクのままだったなぁ。

カケルは自嘲《じちょう》する。でも、世界を旅するのはリアルＲＰＧのようで、ゲームとはまた違った楽しさがあったのは確かだ。

＊

ニューヨークの感想を一言でいうなら、「カッコイイ」だった。天高く聳《そび》える摩天楼の下、人々が颯爽《さっそう》と行き交う。街並みも、そこにいる人たちもとても垢抜《あかぬ》けて見える。

ずっと東京で育ってきて、自分のことを都会っ子だと思っていたが、この街はスケールが桁違《けたちが》いと感じた。都会の中の都会、いわばキングオブ都会である。

通勤風景を比較すると、東京と似ているようで、何かが異なる。背筋をピンと伸ばし、手にはコーヒーのカップを持ちながらハイヒールをカツカツ鳴らして先を急ぐＯＬ。引き締まった体を上品なスーツで隠すビジネスマンたち。疲れた顔をして、下を向きながら歩いているオジサンなどは見かけない。

「絵になるなぁ」

なんてことはない日常の風景なのに、まるで映画のワンシーンを観《み》ているようで、実にカッコイイのだ。

見る角度によって、街の装いがさまざまに変わるのもニューヨークの魅力だ。

この街のシンボル、自由の女神を見るために船に乗ったら、マンハッタンが一つの大きな島である事実をまざまざと実感させられた。

はたまたエンパイヤーステートビルの展望台から見下ろすと、ひしめく高層ビルが、森を覆い尽くす木々のようにも思えてきた。

目を瞬かせながらウォール街を抜けて少し歩いた先では、グラウンド・ゼロと呼ばれる開けた一画に出た。かつてこの場所には、二つの巨大なビルが立っていたという。

歴史的な事件のことは授業で習った。カケルが生まれたのが、それらビルが倒壊したのと同じ年だと知ったときには他人事《ひとごと》とは思えなくなったものだ。

あちこちに星条旗がはためく中、人々が祈りを捧げている。カケルも平和を願い手を合わせた。

旅の最後の目的地にニューヨークを選んだのには理由があった。ゲーム内フレンドBOBに会うためだ。

フランスにいるときに試した例のブラウザ版で、スマホからゲームにログインする。あいにく彼はログアウト中のようだったので、ニューヨークに着いたことをメッセージで送っておいた。

すると数時間後には返事が届いた。相変わらずレスポンスが早いなぁと感心させられながら文面を追おうとして――目を疑った。

「動画みたよ」

などという書き出しで始まっていたからだ。

動画と言われて思い当たるのは、ロンドンで出会ったユーチューバー首里が撮った、いや正確には「撮られた」動画しかない。

時を同じくして届いた首里からのメッセージで、動画が大人気で再生回数がすごいことになっているという報告は受けていた。

「お陰様であの動画すごいバズってるよ」

恥ずかしい失恋エピソードを全世界に発信するという、ほとんど罰ゲームといっていい体験だったが、だからこそ面白がって観てくれる人がいるのかもしれない。

しかし、まさか身内ともいえるBOBも観ていたとは。いやはや、お恥ずかしい――と頭を掻《か》こうとして、ハテと首を捻《ひね》った。

いったいなんで自分だって分かったのだろうか。

公開された動画では、カケルの顔の部分にモザイク代わりのスタンプが重ねられている。顔バレしないよう首里のほうで編集してくれたのだ。

もっとも、服装などはそのまま映っているし、声は加工していない。見る人が見ればカケルだと分かる可能性もあるが、リアルでの面識がないBOBになぜバレたのか。

唯一考えられるのは、高校生で世界一周しているというプロフィールから推測したのかな、という点。だとしたら辻褄《つじつま》は合いそうだが。

まあ、いい。会ったときに聞けば済む話だ。

グーグルマップでニューヨークの地図を開くと、細長いマンハッタンのちょうど中央あたりに、緑の領域が南北に広がっている。これが世界に名高いセントラルパークである。都会のオアシスという部分では、東京の日比谷公園なんかと位置付けは似ているが、その規模は比較にならない。敷地面積は日比谷公園の二十倍以上にもなるというから、途方もない大きさだ。

この巨大な公園へやってきたのは、ＢＯＢから待ち合わせ場所に指定されたからだ。

［十時にセントラルパークのベセスダ噴水］

メッセージにはそう書かれていた。

マンハッタンは碁盤の目のように区画整理されており、通りには順に番号が振られている。地下鉄の駅名も通りの番号だったりして、最初は戸惑ったが、慣れると分かりやすいと感じた。

噴水に近い72ストリート駅で電車を降り、園内へと足を踏み入れると、入ってすぐのところに人だかりができていた。見ると地面に大きなマンホールのような円形のモザイクタイルが敷かれ、真ん中に「ＩＭＡＧＩＮＥ」の文字があしらわれている。

何だろうかとマップで確認すると、ここがストロベリー・フィールズと呼ばれる場所だと分かった。すぐ向かいの建物は、あのジョン・レノンが住んでいたところで、彼は家の前で兇弾《きょうだん》に倒れた。この円形のオブジェは、彼を追悼する記念碑なのだという。

写真を撮るのに順番待ちができるほど賑《にぎ》わっているのを見て、ここがファンにとってはかけがえのない場所であることをカケルは理解する。要するに、聖地巡礼というわけだ。

次の瞬間にふっと思い出して、カバンからタブレットを取り出した。

盗難の一件があって以来、常に持ち歩くようにしているのだが、ひっくり返して裏を見ると、そこにはビートルズのステッカーが貼《は》られている。ロンドンでマイクにお土産でもらったものだ。

——まさか、こんなところで繋《つな》がるとは。

旅を続けていると、こういう小さな偶然にしばしば出くわす。ある意味、巡り合わせといってもいいかもしれない。

人との出会いにしたってそうだ。世界を旅する中でたくさんの素敵な出会いがあった。それらも偶然の産物であるならば、旅には偶然を引き寄せる力があるといってもいいのではないか。

そんなことを考えながら歩を進めていくと、やがて待ち合わせ場所の噴水に辿《たど》り着いた。これまた大きな噴水だった。中央に羽根の生えた天使のような像が屹立《きつりつ》し、その周囲へと水が流れ落ちている。市民の憩いの場といった雰囲気だが、カケルのような観光客の姿も見られる。

噴水を囲むサークル状に腰掛けるスペースが設けられており、カケルはそこに座って待つことにした。

そわそわして落ち着かない気持ちで周囲を見渡した。

——どんな人なんだろう。

——年齢が近いといいけど、ネトゲはオッサンも多いしなぁ。

——そもそも日本人とは限らないか。

――ＢＯＢっていうぐらいだからアメリカ人？

いまさらながらに想像を巡らせる。オンラインで知り合った人と、オフで会うなんて初めての経験である。

しばらくして時計を見ると、約束の十時を過ぎていた。けれど、彼はまだ現れない。

――ゲームでもよく狩りの約束に遅刻するしなぁ。

――時間にルーズなタイプ？

――アメリカ人ならその辺の価値観も違いそうだし。

さらにしばらく待ったが、ＢＯＢは現れなかった。痺《しび》れを切らし、噴水をぐるりと一周して探してみたが、やはりいない。

――何かあったのだろうか。

段々不安になってくる。連絡手段はゲームのみだが、確認してもＢＯＢはログインしていないようだった。

あっという間に三十分が過ぎ、そして一時間が経過した。

待てど暮らせど現れない。

異国の地で待ちぼうけ――どこかで聞いたフレーズだなぁとぼんやり考えていると、突然スマホがブルッと震えた。メールを着信したようで、開いてみるとなんと彩世からだった。

「ごめんなさい」

それだけ。たった一言。

よく見ると、メールには画像が添付されていた。それをタップして表示させて——アッと声が出た。

それは写真だった。写っているのは彩世本人なのだが、カケルが知っている彼女ではなかった。長かった髪の毛が短く切られており、おかっぱのようなヘアースタイルになっている。

インドで会ったまいさんも別れ際に髪を短くしていたのを思い出した。彼女は痴漢対策なのだと言っていたが、いずれにせよ女性が髪を切るということには、きっと何らかの意味がある。

彩世の急なイメチェンに戸惑いながらも、「いまどこにいるの？」と返信を送ろうとした刹那《せつな》、心に引っかかるものがあった。

——この場所って。

彩世の背後に写っている風景に既視感を覚えたのだ。

——えっ、ウソでしょう。

どこだっけ……と考えて、その答えに辿り着いたとき、カケルは頭をガツーンと力いっぱいぶん殴られたような衝撃に襲われた。

それはどう見ても、ニューヨークのセントラルパークだった。なんでそう思ったかというと、目の前に立つ天使の像が写っていたからだ。カケルがいままさにいるこの噴水前で撮った写真である。

――まさか、まさか、まさか。

散らばっていた思考のピースが一つに収まっていく。

思えば、日本を出る飛行機で隣になったのは本当に偶然だったのか。座席を指定する際に相談した相手がいたのだ。旅のド素人だったカケルに、出発前に手ほどきしてくれた人物を思い浮かべる。

パリにいたときに、ジャパン・フェスティバルがネットの記事になっていると教えてくれたのもその人物だった。エマのコスプレ写真の後ろに、カケル自身も写り込んでいたことを思い出す。

その人物は、首里がアップした動画を見たと言った。会ったことがないのになぜカケルだと分かったのか謎《なぞ》だったが、ある仮説に基づけばそれも途端に謎ではなくなる。

そしていま、遥々《はるばる》やって来た異国の地で待ちぼうけ――カケルが自ら犯した仕打ちと、同じ目に遭っているという現状。

シンプルに考えれば、結論は一つ。

そう、答えは一つしかないではないか。

彩世がＢＯＢだったのだ。

それとも、ＢＯＢが彩世だったと言うべきか。

彼女はきっと、この噴水の近くにいたのだ。

いたにもかかわらず、カケルの視界に入っていなかったのは、現れるはずの人物が男だとずっと思い込んでいたから。

「彼」ではなく、「彼女」だったのだ。

それに髪まで切っていたのなら、分からないのも無理はない……って、そこまで考えてさらにビビビッと閃《ひらめ》くものがあった。

そうか、あの髪形自体がヒントになっているのだ。

写真の彩世の短い髪形は、たぶんボブヘアーというやつだ。ボブといえばそう、ＢＯＢである。

カケルは立ち上がり、早足で噴水の回りをもう一度ぐるりと一周した。ボブヘアーの女性は、彩世はここにはもういないようだった。

――まだ近くにいるに違いない。

来た道をカケルはダッシュで引き返した。

黒人の若者たちによるダンスのパフォーマンスに拍手喝采《かっさい》を送る聴衆を掻《か》き分け、ロードバイクが次々と走り抜けていくサイクリングコースを横断。ジョン・レノンの記念碑を通り過ぎ。公園の出口まで来たところで――遂に追いついた。

「彩世……ちゃん？」

声をかけると、その女性は観念したように振り向いた。

髪の毛こそ短くなったものの、それは紛れもなく彩世だった。カケルが会いたくて、会えなかった大切な人。

「初めて下の名前で呼んでくれたね」

久々に聞く彼女の声だった。そういえば、タイにいた頃は「おさないさん」と呼んでいたっけ。

「ごめんなさい。その……パリではホント、ゴメン」

「ううん、こちらこそ、ごめんなさい。自分がやられて嫌なことをしてしまって。待つのも辛《つら》いけど、待たせるのも罪悪感だね」

まずはお互いが謝罪することから関係を再開させる。

言葉をぶつけ合うことで、向き合うための準備が整う。

ぐうとカケルのお腹《なか》が鳴ったのは、そのときだった。既にお昼時を過ぎていたし、彩世の顔を見て安心したせいもある。

「とりあえずさ、肉でも食べに行かない？」

混乱する頭でカケルが思いついたのはそんなアイデアだった。

「なんで肉？　ああそうか、アメリカだからかな」

彩世は勝手に納得したようだったが、肉を提案したのにはとくに理由はなかった。なぜか無性に肉を食べたい衝動に駆られたのだ。

折しも小雨がぱらつき始めたところだった。

「傘、持ってる？　カケルくんは？」

「ないよ。持ってる？」

「持ってない」

とりあえず雨宿りを兼ねて、屋根のある場所でゆっくり話をしたい。何よりひとまず気持ちを落ち着かせたい。となると、食事するのは悪くない選択に思えた。

「いいよ、食べに行こう。肉」

再びお腹がぐううと鳴った。


アメリカンサイズの巨大ステーキをナイフできこきこしながらというシチュエーションは、気まずさを紛らわすうえではむしろ好都合だった。一歩間違えれば修羅場と化しそうな状況だけに、一緒にご飯を食べるという、ただそれだけの行為が二人の間のわだかまりを溶かしてくれるような気がした。

さて、何から話したらいいものか——カケルが相手の出方を窺《うかが》う。会話の口火を切ったのは彩世だ。

「カケルくんも成長したねー。すっかり旅人が板についたというか。タイにいた頃なんて、ほとんど私の言いなりだったのにね」

冗談交じりに褒めてくれたことで、場の雰囲気が少し穏やかになった。それを合図に、カケルは覚悟を決め、聞きたかったことを口にする。

「本当にＢＯＢなの？」

「うん、それについても謝らないとだね。そのうちバレるだろうなーと思ってたけど、カケルくんぜんぜん気がつかないしさー。パリで会ったら今度こそ正直に言うつもりでいたんだけどね」

「そうかぁ。ぜんぜん分からんかった」

「ふふふ」

彩世がしてやったりとでも言わんばかりの得意顔になる。

でも、男なのに女性キャラを使ったり、逆に女なのに男性キャラというパターンはネトゲの世界では珍しいことではない。前者はネカマ、後者はネナベなどという言葉もあるぐらいだ。

「ロールプレイってやつね？」

「そうそう、ゲームだし。でもね、私だますようなことは言ってないよ。ニューヨークに住んでいるっていうのは方便だけど。正確には、これから住む予定だから」

そういえば、最初に飛行機で会ったときに、父親がアメリカに転勤になるって言ってたっけ。

「旅が終わったら留学するって話？」

「そうそう」

彩世によると、一足先に渡米した両親を追いかける形で、単身ニューヨークへ渡るつもりでいたときに、ゲーム内でカケルから修学旅行について相談を受けたのだという。

「真《ま》っ直《す》ぐニューヨークへ行かずに、途中で色んな国に立ち寄ることにしたの。いつか世界一周してみたいな、って思ってたから。それでね、カケルくんを道連れにしちゃえって」

えへへと笑いながら彩世が舌を出す。その仕草こそ可愛《かわい》いが、冷静に考えたらやっていることは結構大胆だ。

「まあでもね、世界一周しようって誘ったのは私だけどさ。半分冗談だったんだよ。ううん、半分どころじゃないかも」

「狩りに行こう、みたいな軽いノリだったよね」

「うんうん、こう言うと無責任だけどさー。まさか本当に行くとは思わなかったから」

それは本当に無責任だなぁ。

でも、なんで行く気になったのだろう。改めて考えると、自分でも正直よく分からない。世界一周どころか、海外旅行すら行ったことがなかったというのに。

ただ、いまなら言える。旅をして良かったと。あのときの自分の選択は間違っていなかったと。

「ひげ、伸ばしたんだね？　似合ってるよ」

「ありがとう。彩世ちゃんの、その髪形もね」

歯が浮くような台詞《せりふ》がすぐ出てくる。これもまた旅の影響だろうか。

それからお互い、旅の話に花を咲かせた。隠し事を秘めていたのは二人共だし、いまさら隠すこともないから本音で語り合った。

「クエストみたいでおもしろそうじゃない？」というのは、世界一周に出発する前、ＢＯＢが言っていた台詞だ。

厳しい試練を乗り越え辿り着いた、最後の敵は最愛の旅仲間だったというのがクエストのオチだった。確かに旅はおもしろかったし、さらにいえばクリアしたことで得られた報酬が最高にいいものだった。この広い世界にたった一つしか存在しない、最上級のレアリティ、すなわち希少価値を持つ報酬――。

レストランを出ると、雨もすっかり上がっていた。

「ていうか、なんでＢＯＢなの？」

最後にして最大級の質問をカケルは浴びせる。

「それはヒミツ」

ところが、まんまとはぐらかされてしまった。

黄色い車体のタクシーがけたたましいクラクションの音を上げながら通り過ぎて行く。

見上げると、そびえ立つ摩天楼のビルとビルの隙間《すきま》に虹がかかっていた。

Ⅷ

アップデート

エピローグ

日本へ帰国したら、みんなの服装が変わっていた。早くもコートを羽織っている人も多い。出発前と比べると気温は一段階下がり、いよいよ冬の到来が近づいていることを実感する。

何ヶ月も不在にしたわけではないのに、景色が違って見えるのは不思議だ。見知ったはずの近所の街並みでさえ新鮮で、まだまだ旅が続いている錯覚もする。駅前に新しい店がオープンしていたりして、浦島太郎の気分で目を瞬かせた。

しかし、変化に敏感だったのも最初のうちだけだった。

大冒険を遂げたとはいえ、旅立ち前と比べて生活自体には大きな変化はない。平日は学校へ行き、暇な時間はゲーム三昧《ざんまい》。トルコ以来伸ばしていたひげも綺麗《きれい》に剃《そ》った。

帰ってきて早々に期末試験が待ち構えていたのも、いち早く日常に戻るきっかけになった。ブランクを取り戻すために、死に物狂いで勉強に取り組まねばならず、余計なことを考える余裕がなくなったのだ。

こういうとき、大学の付属校で良かったとしみじみする。内部進学は確定しているので、試験自体は消化試合といっていい。

さらに大変だったのが、学校へ提出する旅のレポートづくりだ。写真を整理し、見聞きしたことの感想などをまとめているところだが、振り返ってみると、レポートには書けないような出来事も多い。

現実逃避するかのようにゲームにログインすると、ピコンという効果音と共にチャットのフキダシが表示された。ＢＯＢからだ。

［強ボス行かない?］

つい最近アプデがあって、新しい敵が実装されたばかりだった。

［おｋ］

と返事を打ち返し、装備などを準備する。

彩世はあれからニューヨークで暮らしている。最低でも一年、下手したら三年は向こうにいることになるという。

素性がばれたいまもなお、彼女はＢＯＢとしてカケルとゲーム内でしばしば旅をしている。画面の中では見事にＢＯＢになりきっているので、カケルも野暮な突っ込みは控えている。

「どこを旅するか」よりも、「誰と旅するか」が重要だ――カケルはいつしかそんなことを考えるようになっていた。

彼女とは一緒に旅していて居心地の良さを感じるのだ。そのことはリアルの彩世でも、仮想世界のBOBでも変わらない。

画面の中の、CGで描かれた風景に目を奪われた。真っ青な空の下、真っ白な大地に薄く水が張られ、鏡張りのようになっている。地面に雲が映り込み、天地が逆転したかのような摩訶《まか》不思議な絶景。

[ここ超きれいだよね]

チャットのテキストだが、つい脳内で彼女の肉声に変換してしまう。

[南米にこれと同じ景色の湖があるんだって]

[そうなんだ!]

それはぜひこの目で見てみたい。リアルの彼女と共に。

[もう一度、世界一周したくなるね]

そう打ってから、カケルは内心しまったと焦る。冗談が通じない相手だったと思い出したのだ。案の定、予想した答えが返ってきた。

[行ってみる?]

やれやれと苦笑しながらも、頬《ほお》がゆるむ。そう言われるのを密《ひそ》かに期待もしていた。

この前の旅でも南米は行き逃していたから心残りはあった。さらにはアフリカや、オセ